Fabian Lenk

1000 Gefahren in der glühenden Wüste

Warnung!

Dieses Buch ist nicht wie andere Bücher, die du bisher gelesen hast. Du bist nämlich die Hauptfigur und entscheidest, was als Nächstes geschieht. In diesem Buch stecken viele verschiedene Geschichten, sodass du es immer wieder lesen kannst und es trotzdem jedes Mal anders ausgeht.

Doch Vorsicht: In diesem Band stecken auch zwei verschiedene Bände der Reihe 1000 Gefahren. Die Bände sind unabhängig voneinander durchnummeriert, sodass es jede Seitenzahl zweimal gibt. Darauf solltest du achten, wenn du deine Entscheidung getroffen hast und zu der angegebenen Seite blätterst.

Und jetzt viel Spaß mit den 1000 Gefahren in der glühenden Wüste!

Fabian Lenk

1000 Gefahren in der glühenden Wüste

Ravensburger Buchverlag

MIX
Papier aus verantwor-
tungsvollen Quellen
FSC® C006701

Als Ravensburger Taschenbuch
Band 54374
erschienen 2011

© 2007 der deutschen Erstausgabe von
Die Wüste der 1000 Gefahren
Ravensburger Buchverlag Otto Maier GmbH

© 2009 der deutschen Erstausgabe von
Die Pyramide der 1000 Gefahren
Ravensburger Buchverlag Otto Maier GmbH

Umschlaggestaltung: Dirk Lieb
unter Verwendung einer Illustration
von Stefani Kampmann

**Alle Rechte dieser Ausgabe
vorbehalten durch
Ravensburger Buchverlag
Otto Maier GmbH**

Printed in Germany

1 2 3   13 12 11

ISBN 978-3-473-54374-8

www.ravensburger.de

Fabian Lenk

Die Wüste
der 1000 Gefahren

Mit Illustrationen
von Stefani Kampmann

Ravensburger Buchverlag

Heiß, verbrannt, verdorrt. Tot und leer. Vergessen und verloren. Eintönig, langweilig – wüst. Das ist es, was sie über deine Heimat sagen. Deine Heimat, die Wüste. Aber die, die das sagen, haben keine Ahnung. Sie waren vermutlich noch nie hier, in deiner Welt aus Sand und Licht. Sie kennen sie nicht wirklich, diese Landschaft, die sich ständig verändert und alles andere als langweilig ist. Deine Welt ist voll von verborgenem Leben, voller Geheimnisse, voller Rätsel und manchmal auch voller Gefahren. Gefahren? Na und? Ein Leben ohne Gefahr und ohne Risiko ist ein Leben ohne Spannung, fade und dumpf. Du liebst das Leben in der Wüste. Du wurdest hier geboren, bist ein Kind der Wüste. Seit Jahrhunderten wohnt ihr in dieser Region, ihr seid ein stolzes Volk von Beduinen und berühmte Kamelzüchter.

Jetzt sitzt du mit deiner Familie vor dem Zelt. Es ist bereits dunkel, die Hitze des Tages ist einer angenehmen Kühle gewichen. Das Feuer flackert und schickt rotgelbe Flammen in den unendlich klaren Himmel. Alle trinken Tee. Und jetzt steht der alte Talal auf und beginnt eine seiner wunderbaren Geschichten zu erzählen. Du magst seine Geschichten, bist aber auch sehr müde. Und morgen steht wieder ein anstrengender Tag an – du sollst deine Schwester Aisha auf ihrer Hochzeitsreise begleiten. Da solltest du ausgeschlafen sein, denn du ahnst, dass diese Reise nicht ganz ungefährlich sein wird.

Wenn du Talal lauschst,
lies weiter auf Seite   8

Wenn du schlafen gehst,
lies weiter auf Seite   10

„Habt ihr je von Al Deir, der Stadt des Goldes, gehört?", fragt Talal. Allgemeines Kopfschütteln.

Der Alte steht auf und geht langsam um das Feuer herum. Seine Augen leuchten, als er sagt: „Al Deir war einst die mächtigste Handelsstadt in unserer Wüste. Sie lag günstig an zwei Straßen, über die die Karawanen zogen. Hinter der Stadt erhob sich ein gewaltiges Bergmassiv – die sieben Zinnen."

„Die sieben Zinnen?", fragt deine Schwester Aisha. „Davon habe ich ja noch nie gehört!"

„Mag sein, doch damals war dieses Bergmassiv fast so berühmt wie die Stadt Al Deir selbst", entgegnet Talal. „Der Berg hatte sieben schroffe Spitzen – und so erhielt er seinen Namen. In Al Deir gab es alles: feine Stoffe, edle Tiere, Gold, Schmuck, Waffen – und vor allem Wasser. Die Bewohner waren reich, meine Freunde, sehr reich."

Ganz gebannt hängst du an Talals Lippen. Gold, Reichtum, Macht – das interessiert dich brennend.

Talal erzählt weiter, von Banden, die versuchten, die Stadt zu überfallen, von Dieben, die über die Märkte schlichen und von schönen Frauen, die ihr Herz in Al Deir verloren.

„Was ist aus der Stadt geworden?", willst du später wissen.

Talal lächelt traurig. „Sie ist verschwunden. Eines Nachts gab es einen furchtbaren Sandsturm, und am nächsten Morgen war Al Deir verschwunden. Unter Sand begraben."

„Eine Stadt kann doch nicht so einfach verschwinden", wirfst du ein.

Der Alte schaut dich nachsichtig an. „So, meinst du? Schon viele haben die Stadt des Goldes gesucht, aber niemand hat sie gefunden."

Lies weiter auf Seite 11

In aller Frühe wirst du tags darauf geweckt. Rasch trinkst du einen gewürzten Kaffee, isst ein paar köstliche Datteln und ofenwarmes Fladenbrot. Dann trittst du vor das Zelt.

In eurer kleinen Zeltstadt herrscht große Aufregung. Deine schöne Schwester Aisha sitzt schon ungeduldig auf ihrem Kamel, eingehüllt in einen reich bestickten Galabeja, das praktische, luftige Gewand der Wüste. Aisha kann kaum erwarten, dass es losgeht. Das kannst du gut verstehen, denn immerhin ist es der wichtigste Tag in ihrem Leben. Viele andere junge Männer haben um Aishas Hand angehalten, aber sie hat sich für den Scheichsohn Adnan entschieden, den sie bei einem Kamelrennen kennengelernt hat. Seine Familie lebt drei Tagesritte von eurem Lagerplatz entfernt. Ein beschwerlicher Weg durch die Wüste liegt vor dir und den anderen zehn Männern, die die Braut begleiten werden.

Du schnappst dir einen Wassersack und befestigst ihn mit deinem Proviantbeutel am Sattel. Falsal, dein Kamel, ist ein stolzer Bulle von etwa fünf Jahren. Er ist enorm schnell und ausdauernd.

Doch heute Morgen wirkt dein Kamel alles andere als frisch. Falsal macht keine Anstalten, sich zu erheben, als du ihm das Kommando gibst. Das Tier wirkt müde und erschöpft. Ob dein Kamel krank ist?

„Was ist?", ruft deine Schwester. „Nun mach!"

Für einen Moment zögerst du. Sollst du deinem Kamel mit ein paar Stockhieben Beine machen oder lieber auf die Reise verzichten?

Wenn du mitreitest, lies weiter auf Seite   12

Wenn du im Lager bleibst, lies weiter auf Seite   13

An diesem Abend erzählt Talal noch viel über die versunkene Stadt. Die Geschichte lässt dich nicht los, auch nicht, als du später auf deiner Matte liegst. Dir will einfach nicht in den Kopf, dass Al Deir spurlos verschwunden sein soll. Erst spät in der Nacht findest du Schlaf.

Die Quittung bekommst du am nächsten Morgen – du hast doch glatt die Abreise deiner Schwester verpennt. Deine Familie war so mit Vorbereitungen beschäftigt, dass man schlichtweg vergessen hat, dich zu wecken. Nun ist Aisha bereits weg und du bekommst die Aufgabe, dich um die Ziegenherde zu kümmern.

Na toll, denkst du. Ziegenhüten statt Hochzeitsfeier. Aber einer muss ja die Drecksarbeit machen. Und das bist nun du! Missmutig treibst du die Herde in eine fünf Kilometer entfernte Schlucht, die Schatten und ein wenig Wasser bietet.

Kaum dort angekommen, geht der Ärger weiter. Beim Durchzählen fällt dir auf, dass ein Zicklein fehlt. Du schaust dich um. Weit und breit nichts zu sehen.

**Wenn du das Zicklein suchst,
lies weiter auf Seite**   **14**

**Wenn du das Zicklein nicht suchst,
lies weiter auf Seite**   **15**

Du redest Falsal gut zu, und schließlich erhebt sich das Kamel. Erleichtert folgst du deiner Schwester und den anderen Männern.

Glutrot geht die Sonne über den nahen Bergen auf, und wieder einmal wirst du Zeuge eines einzigartigen Farbenspiels. Doch du hast nicht viel Zeit, die Wunder der Natur zu betrachten. Man ruft dich an die Spitze des Zuges, denn du giltst als sehr guter Kenner der Wüste, weil du schon oft Karawanen geführt hast. Voller Stolz reitest du nun voran. Direkt hinter dir sitzt Aisha auf ihrem Kamel und redet ohne Unterbrechung. Sie ist wirklich mächtig aufgeregt, aber ihr Geschnatter geht dir bald ziemlich auf die Nerven.

Gegen Abend erreicht ihr einen Brunnen und beschließt, dort zu übernachten. Doch da erlebt ihr eine böse Überraschung – der Brunnen hat kein Wasser mehr. Nur gut, dass ihr genügend Wassersäcke dabeihabt, denn der nächste Brunnen ist einen Tagesritt entfernt. Ihr schlagt euer Lager auf und legt euch früh schlafen.

Am nächsten Morgen weckt dich eine schrille Stimme: „Das darf doch nicht wahr sein, mein Wassersack ist aufgeschlitzt worden!", brüllt Aisha. Du springst auf und schaust sofort nach deinem Wassersack. Zum Glück ist er unversehrt. Aber es ist der einzige – alle anderen wurden aufgeschlitzt! Irgendein Verrückter muss sich in der Nacht an die Säcke herangeschlichen und sie kaputt gemacht haben. Und jetzt – sollt ihr mit einem einzigen Wassersack weiterziehen? Man überlässt die Entscheidung dir.

Wenn du die Reise fortsetzt, lies weiter auf Seite 16

Wenn du umkehrst, lies weiter auf Seite 17

Nein, du bist kein Tierquäler. Und ohne dein Kamel wagst du dich nicht in die weite Wüste. Also bleibst du da. Soll dein Schwesterherz ihren Liebsten allein heiraten.

Aisha ist zwar ziemlich sauer, aber du hast dich bereits entschieden. Schließlich reitet sie mit ihren Begleitern davon.

Du kümmerst dich um Falsal, aber schnell wird dir klar, dass ihm nichts Ernstes fehlt. Für einen Moment hast du das Gefühl, dass Falsal dich angrinst. Können Kamele überhaupt grinsen?, überlegst du. Aber Falsal ist alles zuzutrauen. Vermutlich hatte er nur keine Lust auf die beschwerliche Reise. Da wirst du aus deinen Gedanken gerissen. Dein Onkel ruft dich in sein Zelt.

„Hör zu", sagt er. „Nachher kommt ein Wünschelrutengänger. Und ich möchte, dass du dir den Mann auch mal ansiehst."

„Wie bitte?", entfährt es dir. Von Wünschelrutengängern hältst du gar nichts. Das ist alles fauler Zauber!

„Es hat seit Monaten nicht mehr geregnet. Die Brunnen sind ausgetrocknet, wir müssen etwas unternehmen", beharrt dein Onkel.

„Ja", sagst du, „lass uns fortgehen und nach neuen Weideplätzen für unser Vieh suchen."

„Unsinn", erwidert dein Onkel. „Der Wünschelrutengänger wird uns helfen."

Du hast eine gute Erziehung genossen, also hältst du den Schnabel und verlässt das Zelt deines Onkels.

„In zwei Stunden ist der Mann hier!", ruft dein Onkel dir hinterher.

Wenn du dir den Mann einmal ansiehst, lies weiter auf Seite **18**

Wenn du es nicht tust, lies weiter auf Seite **19**

Du machst dich auf die Suche. Zum Glück bieten dir die steilen Felswände Schutz vor der mörderischen Sonne. Wo kann das junge Tier nur sein? Da vernimmst du ein Meckern! Keine Frage, das Tier muss ganz in deiner Nähe sein. Du läufst zu einem Abhang, blickst hinunter – und dort unten ist die kleine Ziege! Auf der Suche nach schmackhaften Blättern ist sie offenbar den Hang hinuntergestürzt. Und dieser Hang sieht wirklich tückisch aus, sehr abschüssig und voller Geröll.

Wenn du versuchst, den Hang hinunterzuklettern, lies weiter auf Seite 92

Wenn du lieber oben bleibst, lies weiter auf Seite 93

Ach, denkst du, das Tier wird schon wieder auftauchen. Außerdem bist du verdammt müde nach der letzten Nacht. Du hast reichlich wenig geschlafen. Also legst du dich in den Schatten, siehst den übrigen Tieren zu, wie sie sich über die saftigen Blätter hermachen, und döst irgendwann ein.

Erst Stunden später erwachst du. Und dann folgt der Schock: Die Ziegen sind weg. Entsetzt springst du auf und beginnst mit der Suche. Das Gebiet ist wild zerklüftet und sehr unübersichtlich. Ein guter Hirte darf seine Herde nie aus den Augen verlieren. Und du? Du pennst bei der erstbesten Gelegenheit ein! Jetzt hast du wirklich ein Problem.

Du suchst und suchst, aber die Herde bleibt wie vom Erdboden verschluckt. Was jetzt? Es beginnt, dunkel zu werden, die Schatten kriechen in die Schlucht. Sollst du weitersuchen oder zurück zum Lagerplatz laufen? Aber was wäre das für eine Blamage, wenn du ohne die Tiere aufkreuzt! Die Ziegen sind für eure Familie sehr wertvoll.

Wenn du weitersuchst,
lies weiter auf Seite 22

Wenn du zum Lager zurückläufst,
lies weiter auf Seite 23

Ihr reitet tiefer in die Wüste hinein. Die Kühle des Morgens weicht der erbarmungslosen Hitze des Tages. Im Tross wird es immer ruhiger. Sogar Aisha ist verstummt.

Bald quält dich der Durst. Aber du wagst es nicht, den Wassersack als Erster zu öffnen. Den anderen scheint es ähnlich zu gehen – keiner will sich an dem kostbaren Nass vergreifen. Du versuchst, an etwas anderes zu denken: Wer hat sich an euren Wasservorrat gemacht? Warum hat der Täter das Wasser nicht gestohlen? Das hätte noch einen gewissen Sinn ergeben. Aber die Säcke aufschlitzen – was soll das?

Da hast du einen Gedanken: Will euch jemand stoppen, zur Umkehr zwingen? Aber wer sollte das sein? Und warum sollte er das tun? Du grübelst und grübelst, aber dir fällt nichts ein.

Gegen Mittag wird der Durst unerträglich. Ihr macht eine kurze Rast und teilt das Wasser unter euch auf.

Viele Stunden und Strapazen später erreicht ihr total erschöpft den nächsten Brunnen. Doch dort lagert eine Reitergruppe. Ein Mann richtet ein Gewehr auf euch und ruft: „Haut ab, der Brunnen ist ausgetrocknet. Hier gibt es kein Wasser mehr!"

Wenn du ihm glaubst, lies weiter auf Seite   **24**

Wenn du ihm nicht glaubst, lies weiter auf Seite   **25**

Ihr macht euch auf den Rückweg. Aisha ist todunglücklich, aber sie sieht ein, dass ihr mit einem einzigen Wassersack nicht sehr weit gekommen wärt.

Unterwegs kommt Wind auf. Das gefällt dir überhaupt nicht – ein Sandsturm ist jetzt wirklich das Letzte, was ihr gebrauchen könnt. Du treibst Falsal zur Eile an. Euer Dorf ist nur zwei, drei Stunden entfernt.

Der Wind nimmt zu. Feine Sandkörner werden hochgewirbelt und prasseln in eure Gesichter. Der Himmel verdunkelt sich, das Blau weicht einem fahlen Gelb.

„Lass uns anhalten und die Zelte aufschlagen!", ruft Aisha.

Du überlegst fieberhaft, denn du weißt: Ein richtiger Wüstensturm könnte eure kleinen Zelte mühelos zerfetzen. Und wenn ihr weiterreitet, seid ihr bald im sicheren Lager ...

**Wenn du die Zelte aufbauen lässt,
lies weiter auf Seite** **26**

**Wenn du in den Sturm ziehst,
lies weiter auf Seite** **27**

Kurz darauf erreicht der Wünschelrutengänger euer Lager. Er verlangt, sofort mit deinem Onkel zu sprechen. Du führst den Mann zum Zelt deines Onkels und wirst Zeuge der Unterhaltung.

„Ich werde dir Wasser besorgen", sagt der Wünschelrutengänger, der sich als Mahmut vorstellt. „Aber das hat natürlich seinen Preis."

Dein Onkel zeigt keinerlei Misstrauen und verkündigt großzügig: „Wenn es dir gelingt, Wasser zu beschaffen, werde ich deine Forderungen erfüllen."

Mahmut lächelt: „Es wird wieder Wasser geben in deinem Gebiet. Gleich morgen werde ich mich auf die Suche machen."

Dein Onkel weist dem Rutengänger ein Zelt zu, das genau neben deinem liegt, und bewirtet ihn. Du bleibst die ganze Zeit über dabei und erlebst Mahmut als einen großspurigen Mann. Du glaubst ihm kein Wort und beschließt, ihn gut im Auge zu behalten.

Als du später in dein Zelt gehst, kannst du lange nicht einschlafen. Doch dann fällst du in einen unruhigen Schlaf.

Tief in der Nacht weckt dich ein Geräusch. Du hörst, wie euer Gast aus seinem Zelt schlüpft. Seltsam, denkst du schlaftrunken, was will Mahmut mitten in der Nacht draußen?

Wenn du nachsiehst, lies weiter auf Seite **28**

Wenn du im Zelt bleibst, lies weiter auf Seite **29**

Als der Wünschelrutengänger kommt, beachtest du ihn überhaupt nicht. Auch einer Einladung ins Zelt deines Onkels leistest du nicht Folge. Später gibt es deswegen mächtig Ärger.

„Du bist überheblich!", brüllt dein Onkel.

„Und du bist zu leichtgläubig", gibst du kühl zurück.

Dein Onkel bekommt einen Anfall. Er ist es nicht gewohnt, dass man ihm widerspricht oder ihn kritisiert.

Dir wird das Ganze zu blöd. Du springst auf dein Kamel Falsal und reitest einfach davon. Dein Ziel ist das Dorf deines Bruders Badr, das etwa einen halben Tagesritt entfernt liegt. Dort soll es morgen ein Kamelrennen geben. Und weil Falsal wieder einen gesunden und frischen Eindruck macht, nimmst du dir vor, daran teilzunehmen. Es wäre nicht das erste Mal, dass du und der schnelle Falsal bei einem solchen Rennen gewinnen würdet.

Lies weiter auf Seite   30

Du zögerst einen Moment. Schließlich meinst du lahm: „Das war's dann wohl."

„Allerdings", sagen die anderen. „War nett, mit dir zu spielen."

Du ignorierst den Spott und verlässt grußlos das Haus. Draußen atmest du erst einmal tief durch. Okay, das mit der Pokerrunde war ein Fehler. Aber wenigstens hast du noch die Teppiche. Mit denen machst du dich auf den Weg zum Markt und bietest sie dort an. Dabei hast du ein weit besseres Händchen als beim Kartenspiel. Rasch wirst du deine Waren los und erzielst sehr gute Preise. Stolz reitest du nach Hause.

Ende

Du kletterst in eine Schlucht hinab. Ein Pfad windet sich auf eine Höhle zu. Einen Moment zögerst du – sind die Tiere diesen Weg gelaufen? Da findest du etwas Ziegenkot auf dem Weg. Du bist also auf der richtigen Spur!

Erleichtert läufst du weiter. Der Pfad verschwindet in der Höhle und du tauchst in die Dunkelheit ein. Nach ein paar Schritten siehst du die eigene Hand vor Augen nicht mehr. Gerade, als du umkehren willst, hörst du ein Geräusch, das wie ein Meckern klingt. Haben sich die Ziegen auf der Suche nach Futter in der Höhle verlaufen?

**Wenn du tiefer in die Höhle eindringst,
lies weiter auf Seite** 31

**Wenn du umkehrst,
lies weiter auf Seite** 23

Traurig läufst du zu eurem Lagerplatz zurück. Deine Familie ist außer sich. Ohne die Ziegen seid ihr so gut wie ruiniert! Alle halten dich für einen Nichtsnutz, man verachtet dich. Das macht dich noch trauriger. Du willst deiner Familie unbedingt beweisen, dass du doch etwas kannst. Märkte und Handeln haben dich schon immer fasziniert und du bekniest deinen Vater so lange, bis er dir eine letzte Chance gibt.

23

„Gut", sagt er. „Ich gebe dir vier Teppiche mit. Versuche sie zu verkaufen oder gegen andere Waren einzutauschen. Ich bin ja mal gespannt, ob du das besser kannst. Aber ich warne dich: Diese vier Teppiche sind das Letzte, was wir noch zum Handeln besitzen."

Du nickst, hast es kapiert. Diese Chance wirst du nicht vermasseln, das nimmst du dir ganz fest vor.

Gleich am nächsten Morgen brichst du mit den Teppichen auf deinem Kamel zur Stadt auf.

Lies weiter auf Seite ⎯⎯⎯⎯⎯⎯⎯⎯⎯ **32**

Mutlos wendest du dein Kamel und führst deine Karawane nach Osten. Dort liegt ein anderer Brunnen. Da bist du dir jedenfalls ziemlich sicher.

Die Nacht senkt sich wie ein schwarzes Tuch über die Landschaft. Du reitest voran – und reitest und reitest. Aber der Brunnen taucht nicht auf und du ahnst, dass du einen verhängnisvollen Fehler begangen hast: Du hast deine Karawane direkt ins Verderben geführt. Die Wüste wird euer Grab.

Ende

Du bist kein leichtgläubiger Mensch. Folglich ignorierst du das Gewehr und reitest kühn auf den Bewaffneten zu.

„Das Wasser gehört allen", sagst du schroff. „Und ich will mich selbst davon überzeugen, dass der Brunnen ausgetrocknet ist."

Widerwillig senkt der Mann die Waffe.

Du kletterst von deinem Falsal und lässt den Eimer den Brunnen hinab. Endlose Sekunden verstreichen, dann hörst du ein leises Platschen – der Eimer ist im Wasser gelandet!

Gierig ziehst du ihn hoch und verteilst das Wasser an deine Gefährten.

Missmutig sehen euch die anderen Männer zu. Dann steigen sie auf ihre Kamele und reiten grußlos davon.

Ihr schlagt euer Lager diesmal direkt am Brunnen auf. Bevor ihr euch zum Schlafen legt, teilt ihr Wachen ein. Niemand soll sich noch einmal an euren Sachen vergreifen. Du übernimmst die erste Wache.

Zwei Stunden vergehen. Du hockst am Brunnen und dir ist fürchterlich langweilig. Außerdem kämpfst du mit der Müdigkeit. Doch dann glaubst du einen Schatten bei euren Kamelen zu sehen.

Wenn du zu den Kamelen gehst,
lies weiter auf Seite **34**

Wenn du am Brunnen bleibst,
lies weiter auf Seite **35**

Mit letzter Kraft baut ihr die Zelte auf und verkriecht euch darin. Der Sturm reißt und rüttelt an den Stoffbahnen, und es scheint nur eine Frage der Zeit zu sein, bis er die Zelte zerfetzt. Du hast schon einige Sandstürme erlebt, aber dieser überbietet alles an Wucht und Entschlossenheit.

Doch wie durch ein Wunder übersteht ihr den Orkan. Er flaut ab, und ihr wagt euch hinaus.

Auch eure Tiere haben den Sturm gut überstanden und ihr reitet zügig nach Hause. Dort ist man natürlich ziemlich überrascht von eurer Rückkehr. Ihr berichtet von dem Vorfall mit den Wassersäcken. Die Familie stattet euch mit neuen Vorräten aus, und am nächsten Tag brecht ihr erneut auf.

Diesmal gelangt ihr ohne Zwischenfälle zum Bräutigam. Es gibt eine herrliche Hochzeit und alle sind glücklich – vor allem Aisha.

Ende

Bald braust der Sturm um euch. Die Hölle bricht los. Ihr verliert den Sichtkontakt zueinander, und jetzt ist jeder auf sich allein gestellt. Du brüllst Aishas Namen, aber sie antwortet nicht. Der Sand ist plötzlich überall, in deinem Mund, in deinen Augen, in deinen Ohren. Falsal geht in die Knie, er kann nicht mehr weiter. Du suchst hinter seinem Körper Schutz und verfluchst die Sekunde, in der du entschieden hast, weiterzureiten.

Der Sand kriecht deine Beine hinauf, dann über deine Hüften, schließlich über deinen Rücken – er deckt dich langsam zu ...

Ende

Vorsichtig öffnest du das Zelt und siehst gerade noch, wie Mahmut davonhuscht. Leise pirschst du hinterher. Mahmut läuft ein Stück in die Wüste hinein und erreicht ein Gebiet, das von Dünen durchzogen ist. Das ist ideal für dich, denn nun findest du hinter den sandigen Hügeln gute Deckung. Plötzlich bleibt Mahmut stehen und kniet sich hin. Mit bloßen Händen beginnt er zu graben. Dann zieht er etwas unter seinem Umhang hervor und lässt es in das Loch fallen. Nun schüttet er das Loch sorgsam zu, springt auf und rennt zum Zelt zurück.

Du wartest, bis Mahmut verschwunden ist. Dann flitzt du dorthin, wo du das Loch vermutest. Im schwachen Mondlicht erkennst du die Stelle, an der Mahmut gegraben hat. Gerade, als du zu buddeln beginnen willst, siehst du etwas, was dir die Haare zu Berge stehen lässt. Ein Skorpion! Und da ist gleich noch einer – und dort noch einer!

Mist!, denkst du. Die hochgiftigen Viecher scheinen ausgerechnet an diesem Ort ein Familientreffen zu veranstalten. Hier zu graben ist gefährlich ...

**Wenn du zu graben beginnst,
lies weiter auf Seite**   **36**

**Wenn du lieber zum Zelt zurückgehst,
lies weiter auf Seite**   **37**

Du nickst wieder ein.

Am nächsten Morgen gibt es großes Geschrei. Ein Dieb hat sich über Nacht in euer Lager geschlichen und Geld sowie einige Schmuckstücke gestohlen. Dein Onkel trommelt alle Bewohner zusammen und befragt sie: „Wer hat etwas Verdächtiges bemerkt?"

„Ich nicht", sagt Mahmut, der Wünschelrutengänger. „Denn ich habe die ganze Nacht gut geschlafen."

Das lässt dich aufhorchen. Mahmut lügt – denn du hast doch gehört, dass er noch einmal sein Zelt verlassen hat. Deine Gedanken rasen. Ist Mahmut etwa der Dieb? Aber wie willst du das beweisen? Du kannst ihn schlecht der Lüge bezichtigen, schließlich ist er Gast im Lager. Nicht auszudenken, wenn Mahmut nichts gestohlen hätte. Das würde üble Folgen für dich haben. Nein, du brauchst einen Beweis.

Gegen Abend geht Mahmut allein in die Wüste, um Wasser zu suchen. Das Zelt, das ihm dein Onkel zur Verfügung gestellt hat, steht also leer. Ob Mahmut dort das Diebesgut versteckt hat?

Wenn du dich in Mahmuts Zelt schleichst,
lies weiter auf Seite 38

Wenn du das nicht tust,
lies weiter auf Seite 39

Das Dorf gleicht einem Ameisenhaufen. Die Einwohnerzahl hat sich mindestens verdoppelt, seitdem bekannt wurde, dass es morgen ein Kamelrennen geben wird.

Dein Bruder Badr freut sich, dich zu sehen. „Prima, dass du da bist!", begrüßt er dich. „Auf dich werden bestimmt viele Wetten abgeschlossen."

„Und du? Setzt du auch auf mich?", fragst du ihn.

Dein Bruder lacht. „Nein", gibt er offen zu. „Denn ich werde mitreiten. Also bist du mein Gegner – zumindest bei diesem Rennen."

Das kannst du ihm nicht verübeln. Ihr trinkt ein paar Tassen gewürzten Kaffee miteinander, dann stellst du dein Kamel Falsal in Badrs Stall ab und schaust dich im Dorf um.

Am Abend triffst du einen alten Bekannten. Es handelt sich um den reichen Omar, mit dem du dir schon viele packende Rennen geliefert hast. Omar lädt dich zu einem rauschenden Fest ein: „Sei heute Abend mein Gast."

Das ist ein verlockendes Angebot. Omars Feste genießen einen hervorragenden Ruf – andererseits willst du morgen fit sein.

**Wenn du zum Fest gehst,
lies weiter auf Seite** 40

**Wenn du die Einladung ausschlägst,
lies weiter auf Seite** 42

Du gehst weiter, tiefer in die Höhle hinein. Nach zwanzig Metern wird es ein wenig heller. Durch einen Riss in der Felsdecke fällt etwas Licht. Schemenhaft erkennst du etwas, das dich stutzig macht – eine Art Treppe! Bist du etwa in einen Geheimgang geraten? Und wohin führt dieser? Deine Neugier ist geweckt. Aber dann zuckst du zusammen. Ein verräterisches Zischeln ist an deine Ohren gedrungen. Du hast eine böse Ahnung, schaust dich um und siehst dich bestätigt. Hinter einem Felsbrocken lugt der Kopf einer Schlange hervor. Du erkennst, dass es sich um eine Sandrasselotter handelt. Sie ist nicht besonders groß, misst gerade mal einen halben Meter, aber diese Schlangenart ist verdammt aggressiv und giftig.

**Wenn du dich nicht aufhalten lässt,
lies weiter auf Seite** **43**

**Wenn du umkehrst,
lies weiter auf Seite** **44**

Was für eine Stadt! Die Kuppeln der Moscheen blitzen im Sonnenlicht, Minarette schrauben sich in die Höhe. Durch die Straßen drängen die Menschenmassen. Du steigst von deinem Kamel und führst es in das Gassengewirr.

„Wo geht es hier zum Markt?", fragst du einen Mann.

„Zum Markt? Oh, der ist nicht weit. Aber sag doch mal, woher kommst du denn?", will der Mann wissen.

Höflich, wie du nun einmal bist, beantwortest du seine Frage.

„Ah ja", sagt der Mann gedehnt. „Teppiche willst du also verkaufen. Ich wüsste, wie du viel schneller zu Geld kommen kannst."

Du spitzt die Ohren. „So? Wie denn?"

Der Mann lächelt und deutet auf das Haus hinter ihm. „Komm doch rein. Wir könnten ein Spielchen machen. Du kannst auch nur einen Kaffee mit mir trinken, ganz wie du willst ..."

**Wenn du in das Haus gehst,
lies weiter auf Seite**   **45**

**Wenn du die Einladung ablehnst,
lies weiter auf Seite**   **46**

Im Schutz der Dunkelheit schleichst du dorthin, wo du den Schatten gesehen hast.

Und tatsächlich: Eine Gestalt macht sich gerade an eure Kamele heran.

„Halt!", rufst du. „Finger weg von den Tieren!"

Die Gestalt fährt herum. Ihr Gesicht ist unter einem Tuch verborgen und in ihrer Hand liegt ein Dolch. Damit hast du nicht gerechnet …

„Halt den Mund!", zischt der Mann. „Wenn du schreist, werde ich dich töten!"

Du machst einen Schritt zurück.

„Bleib stehen!", herrscht dich der Vermummte an. „Du glaubst gar nicht, wie schnell ich dich eingeholt habe! Du wirst jetzt zu mir kommen und dich von mir fesseln lassen! Hast du verstanden?"

Du ballst die Fäuste, weil du dich über dich selbst ärgerst. Du hättest dich bewaffnen müssen. Eine unbewaffnete Wache ist in der Wüste nicht viel wert.

**Wenn du dem Vermummten gehorchst,
lies weiter auf Seite**

47

**Wenn du zu fliehen versuchst,
lies weiter auf Seite**

48

Du starrst in die Finsternis. Nein, jetzt ist da kein Schatten mehr zu sehen. Umso besser, denkst du dir und gähnst. Wenig später nickst du ein ...

Ein Schrei weckt dich: „Die Kamele – sie sind weg!"

Du schreckst hoch, siehst dich verdattert um. Deine Gefährten umringen dich, in ihren Gesichtern steht Wut.

„Du bist eingeschlafen!", brüllen dich deine Freunde an. „Und während du selig gepennt hast, hat jemand unsere Kamele geklaut!"

Kleinlaut stammelst du eine Entschuldigung. Aber die will niemand hören. Vor allem Aisha ist furchtbar sauer. Sie verflucht dich und beginnt sich mit den anderen zu beratschlagen, was nun zu tun sei.

Auf dich achtet niemand mehr. Du hast ein schlechtes Gewissen und willst die Sache unbedingt wiedergutmachen.

Und während die anderen diskutieren, gehst du zu der Stelle, wo die Tiere angebunden waren. Du hockst dich hin und suchst im ersten Licht des anbrechenden Tages den Boden ab. Schnell hast du die Spuren der Tiere entdeckt. Der Dieb hat sie Richtung Süden geführt, weiter in die Wüste hinein.

**Wenn du den Spuren folgst,
lies weiter auf Seite**   **49**

**Wenn du bei den anderen bleibst,
lies weiter auf Seite**   **50**

Die Skorpione haben offenbar mehr Angst vor dir als du vor ihnen – die Tierchen mit den giftigen Stacheln machen sich netterweise aus dem Staub.

Du buddelst los und stößt kurz darauf auf einen Beutel mit Wasser. Und jetzt ahnst du, was Mahmut vorhat. Du musst grinsen, denn du hast plötzlich eine wunderbare Idee, wie du den Wünschelrutengänger bloßstellen kannst.

Am nächsten Tag führt Mahmut deinen Onkel, dich und die anderen aus dem Lager ein Stück in die Wüste hinein. Mahmut schreitet voran, die Wünschelrute ausgestreckt. Er murmelt ein paar Beschwörungsformeln. Und plötzlich scheint die Rute heftig zu vibrieren. Rein zufällig ist es genau an der Stelle, wo Mahmut gestern den Beutel vergraben hat.

„Hier muss es Wasser geben!", ruft Mahmut, zieht mit einer großen Geste einen angespitzten Stock unter seiner Galabeja hervor und rammt ihn gezielt in den Boden. Wasser spritzt in den Sand. Dein Onkel und die anderen sind ganz aus dem Häuschen.

„Ich habe doch gesagt, dass ich Wasser für euch finden werde!", jubelt Mahmut.

Nun reicht es dir. Bevor Mahmut reagieren kann, gräbst du den aufgeplatzten Beutel aus dem Sand und hältst ihn deinem Onkel unter die Nase.

„Mahmut ist ein Betrüger!", rufst du. „Ich habe gesehen, wie er vergangene Nacht diesen Beutel hier versteckt hat!"

Die Beweise sind erdrückend – Mahmut gesteht den Schwindel. Alle sind dir dankbar, dass du den Betrug entlarvt hast.

Ende

Sobald die Sonne aufgeht, führt Mahmut euch in die Wüste. Er hat die Arme ausgestreckt und scheint seiner Wünschelrute zu folgen. Nach kurzer Zeit bleibt er genau an der Stelle stehen, wo du ihn in der vergangenen Nacht beobachtet hast. Mahmut stößt einen Stock in den Sand. Und siehe da – es sprudelt Wasser hervor. Alle sind begeistert, vor allem dein Onkel.

„Hier werden wir einen Brunnen anlegen!", ruft dein Onkel und drückt Mahmut ein Bündel Geldscheine in die Hand. Nun hat es Mahmut plötzlich sehr eilig, euch zu verlassen.

Während dein Onkel und die anderen Vorbereitungen treffen, den Brunnen zu graben, untersuchst du die Stelle, wo Mahmut das Wasser gefunden hat. Deine böse Vorahnung bestätigt sich, als du einen Wassersack in den Händen hältst. Den Sack hat Mahmut also gestern Nacht hier verbuddelt. Und gerade hat er ihn mit dem Stock durchlöchert, sodass das Wasser hochspritzte! Was für ein Betrug! Und du hättest verhindern können, dass dein Onkel Opfer des Betrügers wurde. Aber was hast du getan? Du hast bei dem faulen Zauber zugeschaut und geschwiegen! Großartig, alle sind mächtig stolz auf dich.

Ende

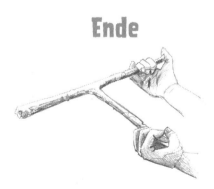

Blitzschnell bist du in dem Zelt und durchsuchst es. In einem Lederbeutel wirst du fündig: ganze Bündel von Geld! Außerdem findest du einen schönen Ring und eine Kette. Und diese beiden Schmuckstücke kennst du, sie gehören der Frau deines Onkels.

Triumphierend zeigst du ihm die Beweisstücke. Dein Onkel fällt aus allen Wolken. Er ist sehr stolz auf dich – und wahnsinnig wütend auf Mahmut.

Als der Wünschelrutengänger aus der Wüste zurückkehrt (natürlich hat er kein Wasser gefunden), lässt dein Onkel ihn festnehmen. Mahmut gesteht, dass er von Anfang an nur etwas stehlen wollte.

Alle sind sehr zufrieden mit dir, denn du hast den Dieb überführt.

Ende

Kurz darauf kehrt Mahmut aus der Wüste zurück. Er brummelt, dass er noch kein Wasser gefunden habe, und verschwindet im Zelt. Mit einem Beutel in der Hand taucht er wieder auf.

Als er deinen fragenden Blick bemerkt, sagt er: „In diesem Beutel sind ein paar Kräuter und getrocknetes Spinnengift. Damit reibe ich meine Wünschelrute ein, verstehst du?"

Nein, das willst du auch gar nicht verstehen. Das hältst du ohnehin alles für Hokuspokus. Mit einem spöttischen Grinsen siehst du zu, wie Mahmut erneut in die Wüste geht.

Doch diesmal kommt er nicht zurück. Und spät am Abend beschleicht dich ein unangenehmes Gefühl. War in dem Beutel das gestohlene Geld? Hat sich Mahmut mit der Beute aus dem Staub gemacht?

Von Mahmut hört ihr nie wieder etwas – und das Geld bleibt verschwunden.

Ende

Omars Fest ist wie ein Märchen. Es gibt Feuerschlucker, Akrobaten, bildschöne Tänzerinnen, begnadete Musiker. Die Tische biegen sich unter der Last der duftenden Speisen. Du lässt es dir so richtig gut gehen.

Später bietet dir Omar noch einen Mokka an.

„Den hat meine Schwiegermutter zubereitet", meint er vertraulich. „Sie würzt den Kaffee immer nach einem Geheimrezept, das sie von ihrer Mutter hat. Unvergleichlich, sage ich dir!"

**Wenn du den Mokka trinkst,
lies weiter auf Seite** 51

**Wenn du den Mokka ablehnst,
lies weiter auf Seite** 52

Höflich lehnst du ab und gehst lieber zurück zu deinem Bruder Badr. Der ist völlig am Boden zerstört.

„Der linke Hinterhuf meines Rennkamels ist entzündet", jammert er. „Es kann unmöglich morgen an den Start gehen. Und ich habe mich ein halbes Jahr auf dieses Rennen vorbereitet!"

Tröstend legst du einen Arm um seine Schultern.

Plötzlich sieht dich Badr scharf an: „Gib mir deinen Falsal!", fleht er dich an. „Nur für dieses eine Rennen!"

Du machst einen Schritt zurück. Eigentlich wolltest du doch selbst reiten und dir die Siegprämie holen!

„Bitte!", ruft dein Bruder. „Ich bin doch bis auf die Knochen blamiert, wenn ich nicht an den Start gehe. Alle werden denken, ich hätte Angst vor einer Niederlage und mich daher vor dem Start gedrückt!"

**Wenn du Badr dein Kamel leihst,
lies weiter auf Seite**   **53**

**Wenn du es ihm nicht gibst,
lies weiter auf Seite**   **70**

Mit klopfendem Herzen gehst du auf die Schlange zu, die den Rückzug antritt und schließlich vollends hinter dem Steinbrocken verschwindet.

Stufe für Stufe erklimmst du die Treppe. Es wird immer heller. Auf einmal stehst du vor einem Spalt im Boden, der mindestens vier Meter breit ist. Du spähst hinunter. Bodenlose Tiefen gähnen. Tja, wenn du weiter vorankommen willst, musst du über diese Spalte springen.

**Wenn du es versuchst,
lies weiter auf Seite** **71**

**Wenn du lieber nach einem anderen Weg suchst,
lies weiter auf Seite** **56**

Vor Schlangen hast du schon immer jede Menge Respekt gehabt, vor allem aber vor der Sandrasselotter. Also drehst du um und gehst wieder zurück. Kurz darauf umgibt dich wieder totale Dunkelheit. Und da passiert es: Du knickst um und brichst dir den Knöchel. Die Schmerzen sind höllisch. Auf allen vieren kämpfst du dich vorwärts.

Da ist ein Geräusch hinter dir – ein Zischeln! Die Sandrasselotter ist hinter dir her. Aber sie ist nicht allein! Oh nein, es sind bestimmt drei Schlangen, vielleicht auch fünf. Und sie holen dich ein, erst eine, dann mehrere und dann alle. Und weißt du was? Sie haben dich zum Fressen gern!

Ende

Der Mann führt dich in ein kleines Haus. Um einen Tisch sitzen drei andere Männer und spielen Poker.

„Seht, wen ich mitgebracht habe!", ruft dein Gastgeber. „Unser junger Freund ist in die Stadt gekommen, um sein Glück zu machen!"

„Da bist du hier genau richtig", sagt einer der Männer und bietet dir einen Stuhl an. „Setz dich doch."

Zögernd nimmst du Platz und schaust den Männern ein wenig zu, während man dir einen Kaffee serviert. Sie spielen um ziemlich große Summen, aber das beeindruckt dich nicht. Du spielst gerne Karten und hast auch meistens Glück.

„Willst du mitmachen?", fragt man dich, als könne man deine Gedanken lesen.

„Okay", erwiderst du. „Aber ich spiele nur um einen kleinen Betrag."

„Kein Problem, wir vereinbaren ein Limit", kommt es zurück. Du hast gleich ein Superblatt. Drei Asse, zwei Könige – das nennt man Full House. Prompt streichst du das Geld ein. Deine Mitspieler schütteln die Köpfe.

„Wie kann einer nur so viel Glück gleich am Anfang haben?", fragen sie sich.

Dann spielt ihr weiter. Und erneut gewinnst du. Die Sache macht dir richtig Spaß.

„Jetzt heben wir das Limit auf!", sagt plötzlich dein Gastgeber.

**Wenn du einverstanden bist,
lies weiter auf Seite**   **57**

**Wenn du lieber aufhörst,
lies weiter auf Seite**   **58**

Wenig später erreichst du den Markt. Mann, hier ist vielleicht was los! Es gibt nichts, was es nicht gibt: Gewürze, Stoffe, Lederwaren, Keramik, Schmuck – und du hast die schönsten Teppiche.

Du suchst dir ein schattiges Plätzchen und breitest deine Schätze aus. Jetzt fehlen nur noch die Kunden.

Stunde um Stunde vergeht. Und du stehst da mit deinen schönen Teppichen. Aber niemand will sie haben. Woran liegt das nur, fragst du dich. Sind deine Preise zu gesalzen? Nein, das glaubst du eigentlich nicht, andere verlangen ähnlich viel wie du.

Gegen Abend kommt eine alte Frau bei dir vorbei. Kritisch beäugt sie deine Waren.

„Schöne Arbeit", meint sie mit einem schiefen Lächeln. „Aber viel zu teuer. Gib mir zwei Teppiche zum Preis von einem."

Dir verschlägt es fast die Sprache. Andererseits hast du noch nichts verkauft.

**Wenn du dich auf den Handel einlässt,
lies weiter auf Seite** 59

**Wenn du das Geschäft ablehnst,
lies weiter auf Seite** 60

Zähneknirschend lässt du dich fesseln und knebeln. Obendrein musst du mit ansehen, wie der Vermummte die Kamele stiehlt. Höhnisch verneigt er sich vor dir zum Abschied. Dann setzt er sich auf sein Pferd und verschwindet mit den Kamelen in der Dunkelheit.

Stunden später gelingt es dir, die Fesseln zu lösen. Jetzt kommt der Moment, wo du deinen Gefährten beichten musst, dass die Kamele weg sind, weil du als Wache versagt hast. Da hast du eine Idee: Und wenn du erzählst, dass dich ein ganzer Trupp von Dieben überfallen hat? Dass du gekämpft hast wie ein Löwe, aber der Übermacht nicht gewachsen warst? Wenn du einfach verschweigst, dass es nur ein Mann war, der dich außer Gefecht gesetzt hat? Niemand war Zeuge dieser Szene, niemand wird dich der Lüge überführen können. So könntest du dein Gesicht wahren.

**Wenn du deine Freunde anlügst,
lies weiter auf Seite**   **61**

**Wenn du die Wahrheit sagst,
lies weiter auf Seite**   **62**

Du drehst dich um und flitzt zurück, um deine Begleiter zu alarmieren. Aber der Vermummte ist wirklich sehr schnell. Nach wenigen Metern holt er dich ein und bringt dich zu Fall. Doch sofort bist du wieder auf den Beinen. Dein Gegner täuscht einen Dolchstoß an, du weichst aus und bekommst einen Faustschlag genau auf das Kinn. Sterne explodieren vor deinen Augen. Aber du schüttelst dich, die Schatten verschwinden und du trittst deinem Gegner das Standbein weg. Der Mann kracht zu Boden und du wirfst dich auf ihn. Ein heftiger Schmerz durchzuckt dich, der Dolch hat sich tief in deinen linken Unterarm gebohrt. Dein Schrei gellt durch die Nacht. Aber die Schmerzen setzen bei dir ungeahnte Kräfte frei. Denn jetzt bist du so richtig sauer. Du verpasst deinem Gegner ein paar Schwinger mit der rechten Faust.

Doch der Vermummte lässt sich davon nicht beeindrucken – und er hat im Gegensatz zu dir zwei unversehrte Arme. Gerade, als dir bewusst wird, dass du bei diesem Kampf keine Chance hast, bekommst du Hilfe. Deine Begleiter haben den Lärm gehört und überwältigen den Vermummten. Nachdem Aisha deine Wunde versorgt hat, verhört ihr den Angreifer.

„Ich sollte eure Kamele stehlen", behauptet der Mann.

„Wer hat dich beauftragt?", willst du wissen.

„Keine Ahnung, der Auftraggeber blieb im Hintergrund. Er schickte mir nur einen Boten." Mehr ist aus dem Mann nicht herauszuholen.

„Du solltest morgen zurückreiten, dein Arm sieht schlimm aus", rät Aisha dir später im Zelt.

Wenn du die Reise abbrichst, lies weiter auf Seite 63

Wenn du bei Aisha bleibst, lies weiter auf Seite 64

Wenn du jemals wieder für voll genommen werden willst, musst du Mut und Cleverness beweisen. Anders ausgedrückt: Du musst die Kamele wieder herbeischaffen! Ohne zu zögern, schnappst du dir einen Wassersack und folgst den Spuren. Niemand hält dich auf, man schenkt dir keinerlei Beachtung. Na gut, denkst du trotzig, ich werde euch schon noch beweisen, dass ich etwas draufhabe!

Den ganzen Tag wanderst du durch die Wüste. Da kein Wind weht, sind die Spuren noch gut zu erkennen. Aber die Sonne macht dir zu schaffen. Der Schweiß läuft dir in Strömen über das Gesicht. Du weißt, dass es an Wahnsinn grenzt, allein durch diese Öde zu irren. Aber welche Alternative hast du?

Gegen Abend läufst du noch immer den Spuren hinterher. Weit und breit ist nichts von den Tieren zu sehen. Und dein Wasservorrat ist fast aufgebraucht. Du bist mit den Kräften am Ende und taumelst schon mehr, als dass du gehst.

Da entdeckst du am Horizont Palmen! Eine Oase!, durchfährt es dich. Gleichzeitig kommen dir Zweifel. Ist das wirklich eine Oase? Oder nur eine Fata Morgana, eines jener tückischen Trugbilder, die es in der Wüste immer wieder gibt?

Wenn du auf die Palmen zugehst,
lies weiter auf Seite **65**

Wenn du lieber den Spuren folgst,
lies weiter auf Seite **66**

Du eilst zu den anderen.

„Ich habe Spuren entdeckt!", rufst du. „Ich weiß, in welche Richtung der Dieb geflohen ist!"

„Großartig!", höhnt Aisha. „Aber der Kerl ist doch längst über alle Berge, du Schlafmütze! Und bestimmt sitzt er auf einem unserer Kamele, und wir könnten ihn nur zu Fuß verfolgen! Das ist doch völlig sinnlos!"

Du erkennst, dass du jetzt besser die Klappe hältst. Du machst alles nur noch schlimmer.

Am nächsten Tag erreicht eine andere Karawane den Brunnen. Ihr erklärt eure Notlage, und die anderen helfen euch. Sie bringen euch zurück nach Hause.

Die Heimkehr ist alles andere als triumphal. Bestürzt lauschen alle eurem Bericht. Und schnell wird klar, dass allein du an allem schuld bist.

Drei Wochen später hat Aisha doch noch geheiratet. Aber du warst nicht eingeladen, und Aisha hat seitdem nie wieder ein Wort mit dir gesprochen.

Ende

Der Mokka schmeckt hervorragend. Ein bisschen stark ist er vielleicht, aber du lässt dir natürlich nichts anmerken. Während du in kleinen Schlucken trinkst, versinkt die Welt um dich herum im Nebel.

Auch die Geräusche treten in den Hintergrund, du fühlst dich plötzlich völlig gelöst und glücklich. Langsam lässt du dich in die Kissen sinken, die irgendein freundlicher Zeitgenosse in deinen Rücken gestopft hat. Dann schläfst du ein.

Später, sehr viel später weckt dich Omars Stimme: „He, wach auf!"

„Was 'n los?", brummelst du. Immer noch fühlst du dich herrlich entspannt.

Omar hält dir 1000 Dollar unter die Nase. „Hier, mein Freund, das ist für dich. Nimm das Geld und verlass morgen in aller Frühe das Dorf."

„Aber warum?", fragst du schwach. „Ich bin gerne hier."

Omars Stimme wird scharf: „Vielleicht fühlst du dich hier wohl – aber ich kann dich hier nicht gebrauchen. Denn ich will morgen das Rennen gewinnen!"

Jetzt kapierst du. Und 1000 Dollar sind ein Haufen Geld. Außerdem hat dich der Mokka unendlich friedlich gestimmt.

**Wenn du Omars Angebot annimmst,
lies weiter auf Seite** 67

**Wenn du das Geld ablehnst,
lies weiter auf Seite** 68

Noch vor Mitternacht verlässt du das Fest.

„Schade", meint Omar, als du dich von ihm verabschiedest, „aber du nimmst das Rennen anscheinend sehr ernst. Du kannst dein Kamel übrigens gerne bei mir im Stall unterstellen. Meine Stallburschen sind die besten. Außerdem verfügen wir über ein besonderes Futter, das die Kamele sehr ausdauernd und schnell macht."

Wenn du Falsal in Omars Stall unterstellst, lies weiter auf Seite 69

Wenn du Falsal im Stall deines Bruders lässt, lies weiter auf Seite 54

Der nächste Morgen. Hunderte säumen die Rennstrecke. Auch du gehörst zu den Zuschauern – leider. Denn Badr sitzt auf deinem Falsal.

Unruhig tänzeln die Rennkamele an der Startlinie. Vor allem Falsal ist nervös. Dann kommt das Startsignal – es geht los! Unter dem großen Jubel der Fans stürmen die Kamele voran. Badr liegt mit Falsal in der Spitzengruppe, aber Omar führt das Feld an. Dein Bruder bleibt dicht an ihm dran, kann ihn aber nicht einholen. In der letzten der drei Runden kann Omar seinen Vorsprung sogar vergrößern. Das scheint Badr wütend zu machen – er prügelt mit der Gerte auf Falsal ein.

„Hör auf!", brüllst du deinem Bruder zu. Aber der hört dich nicht. Und dann passiert genau das, was du geahnt hast: Falsal wird langsamer und bleibt schließlich einfach stehen. Dein Kamel hat einen eigenen starken Willen, und schlagen lässt es sich nicht, schon gar nicht von einem Fremden.

Die anderen Reiter lassen deinen Bruder hinter sich, Badr wird Letzter. Alle lachen ihn aus.

„Dein Kamel taugt nichts", sagt er später zu dir.

„Nein", erwiderst du kühl. „Du taugst nichts als Reiter, Badr."

Ende

Omar ist ja wirklich nett, aber vor so einem wichtigen Rennen willst du nicht das kleinste Risiko eingehen. Also lässt du Falsal im Stall deines Bruders.

Der nächste Morgen, der Start des Rennens. Du lieferst dir mit Badr und Omar ein packendes Duell. Schnell habt ihr euch von den anderen Reitern abgesetzt. Den Zuschauern ist klar, dass ihr drei den Sieg unter euch ausmachen werdet.

Falsal ist in Topform, er scheint überhaupt nicht zu ermüden. Pfeilschnell fliegt er über den heißen Wüstensand. Omars Kamel dagegen wird langsamer. Omar prügelt auf das arme Tier ein, um es anzutreiben. Aber das nützt ihm nichts: Omar fällt zurück.

Jetzt bleibt nur noch dein Bruder als ernst zu nehmender Gegner. Noch hundert Meter bis zum Ziel. Die Menge johlt. Noch fünfzig Meter, noch zwanzig. Du beugst dich dicht über Falsal, klopfst aufmunternd seinen muskulösen Hals und feuerst ihn an. Noch zehn Meter, noch fünf – Falsal streckt sich, scheint immer länger zu werden.

Und dann überquert ihr die Ziellinie, das Rennen ist zu Ende. Aber – hast du auch gewonnen? Du weißt es selbst nicht, es war wirklich verdammt knapp.

Angespannt starrst du zum Schiedsrichter. Der berät sich mit einigen anderen Männern. Eine bange Minute verstreicht. Aber dann wirst du zum Sieger erklärt!

Ende

Du drehst um und gehst zurück. Plötzlich erreichst du eine Gabelung, an die du dich überhaupt nicht erinnern kannst. Für einen Moment zögerst du, dann nimmst du den rechten Weg.

Du hast Glück, es war der richtige Pfad. Kurz darauf stehst du wieder vor der Höhle. Und da vernimmst du ein Meckern, wie es nur von einer Ziege stammen kann. Das arme Tier ist einen steilen Abhang hinuntergerutscht und kommt aus eigener Kraft nicht mehr rauf. So hast du zumindest ein Tier deiner Herde wiedergefunden.

Lies weiter auf Seite 92

Was soll's, sagst du dir. Dann eben ohne Limit. Umso höher wird dein Gewinn sein! Das glaubst du jedenfalls. Und zunächst sieht es auch gut aus, denn eine halbe Stunde später hast du einen Haufen Geldscheine vor dir liegen. Und du spielst weiter. Die Einsätze steigen, höher und immer höher. Aber dann wendet sich das Blatt, du beginnst zu verlieren. Der Haufen Geld schmilzt wie ein Schneeball in der Sonne.

Jetzt willst du das Glück zwingen, du spielst immer riskanter – und du verlierst. Bald ist nichts mehr übrig von deinem Geld.

„Tja, wir könnten dir Geld leihen", sagt dein Gastgeber. „Oder, Jungs?"

Allgemeine Zustimmung.

**Wenn du dir Geld leihst,
lies weiter auf Seite** **77**

**Wenn du das Spiel abbrichst,
lies weiter auf Seite** **78**

„Hat mir viel Spaß gemacht", sagst du und stehst auf. „Aber jetzt werde ich endlich mit meinen Teppichen zum Markt gehen."

„Du willst uns doch nicht schon verlassen", kommt es zurück. Eine leichte Drohung klingt in der Stimme mit.

„Doch, genau das", sagst du und steckst das Geld ein.

Jetzt stehen auch die anderen Männer auf. „Das kommt nicht infrage! Erst uns abzocken und dann einfach abhauen, so läuft das nicht!"

Langsam gehst du zur Tür. Kalter Schweiß steht auf deiner Stirn.

„Bleib gefälligst hier!", brüllt man dich an.

Aber du hast schon den Türgriff in der Hand und willst dich dezent verkrümeln.

Starke Arme reißen dich zurück. „Das könnte dir so passen, du hast uns bestimmt betrogen!"

Jemand versucht, dir das Geld wegzunehmen, doch nun wirst auch du sauer. Du platzierst einen sauberen Haken unter dem Kinn des Angreifers. Den nächsten schickst du mit einer Beinsichel zu Boden und dem dritten wirfst du einen Tonkrug an den Schädel. Jetzt ist der Weg frei für dich und dein Geld. Mit einem Satz bist du auf der Straße, schnappst dir dein Kamel und mischst dich unter das Volk. Du versuchst erst gar nicht mehr, deine Waren zu verkaufen – diese Stadt ist dir zu gefährlich. Deine Eltern staunen nicht schlecht, als du mit dem Geld und den Teppichen wieder zu Hause ankommst.

Ende

Besser als nichts, denkst du dir. Zähneknirschend lässt du dich auf den Handel ein und verkaufst der Frau zwei Teppiche zum Preis von einem. So knistern dann doch einige Scheine in deinem Geldbeutel.

Einigermaßen erleichtert willst du dich auf den Heimweg machen. Aber inzwischen ist die Nacht hereingebrochen – du solltest dir ein Dach über dem Kopf suchen.

Unschlüssig streifst du durch die Stadt. Die Übernachtungspreise sind ungeheuer hoch. Wenn du dir in einer dieser teuren Herbergen ein Zimmer nimmst, bleibt von deinem Gewinn nicht mehr sehr viel übrig. Die Alternative wäre eine Nacht unter freiem Himmel.

**Wenn du dir ein Zimmer nimmst,
lies weiter auf Seite** 79

**Wenn du lieber unter freiem Himmel schläfst,
lies weiter auf Seite** 80

Der Preis ist lächerlich. Nein, auf dieses miese Geschäft lässt du dich nicht ein. Keifend zieht die Alte weiter, während du auf den nächsten Interessenten wartest.

Die Zeit vergeht, die ersten Händler bauen bereits ihre Stände ab – da tritt ein junger Mann auf dich zu. Prüfend blickt er auf deine Ware.

„Hübsch", murmelt er immer wieder. „Wirklich hübsch. Ich würde sie alle nehmen. Aber ich habe das Geld nicht bei mir, denn ich kaufe für den Sultan ein. Du musst mit der Ware zum Hof des Sultans kommen."

Du wirst misstrauisch. Ist das nur ein Trick? Will dich der Mann in eine Falle locken?

**Wenn du mit dem Mann gehst,
lies weiter auf Seite** **82**

**Wenn du auf dem Markt bleibst,
lies weiter auf Seite** **81**

„Ich habe alles versucht, aber sie waren einfach zu stark", sagst du. „Ich habe die Kamele mit aller Kraft verteidigt, doch gegen diese Übermacht hatte ich einfach keine Chance."

Aisha sieht dich prüfend an. „Es gab also einen Kampf?"

„Ja, oder meinst du, dass ich die Tiere einfach so herausgegeben habe?", erwiderst du.

„Hm", macht Aisha nur. „Ich wundere mich nur, dass du keine Blessuren hast." Sie geht zu der Stelle, wo die Kamele angebunden waren, und untersucht den Boden.

„Und es waren mehrere Diebe, sagst du?", fragt Aisha dich lauernd.

Du bejahst eifrig.

Plötzlich funkeln Aishas Augen wütend. „Du bist ein elender Lügner!", brüllt sie. „Es war nur ein Dieb! Hier, sieh dir die Spuren an. Diese stammen von unseren Kamelen – und diese eine stammt von einem Pferd. Von dem Pferd, auf dem der Dieb saß. Es war nur ein Dieb!"

Es hat keinen Zweck mehr zu lügen. Zerknirscht gibst du alles zu. Für Aisha bist du erledigt. Tags darauf nimmt euch ein Beduine mit nach Hause. Und als einen Monat später die Hochzeit dann doch noch stattfindet, fehlt ein Name auf der Gästeliste: deiner.

Ende

Niemand ist begeistert von dem, was du erzählst. Aber wenigstens bist du ehrlich gewesen.

Notgedrungen müsst ihr an dem Brunnen warten, bis jemand vorbeikommt, denn zu Fuß könnt ihr euch unmöglich in die Wüste wagen. Tags darauf ist es endlich so weit. Ein Viehhändler erreicht die Wasserstelle. Er hat zwanzig Kamele dabei, die er auf dem Markt verkaufen will. Nach einigem Verhandeln erklärt er sich bereit, euch nach Hause zu bringen.

Damit ist die Hochzeit erst einmal geplatzt. Aber einen Monat später wird sie mit allem Pomp nachgeholt.

Ende

Tags darauf erreichst du die kleine Zeltstadt, in der deine Familie lebt. Besorgt hört man deinen Bericht. Dann legt man dir Verbände mit Kräutern auf die Wunde. Schon nach wenigen Tagen ist die Wunde gut verheilt.

Dann erhältst du auch Nachricht von Aisha. Die Hochzeit sei ein Traum gewesen. Aisha und die anderen hätten dich sehr vermisst. Du bist sehr froh, dass alles gut gegangen ist, allerdings auch ein wenig traurig, weil du nicht mitfeiern konntest. Aber was soll's! Das Wichtigste ist dir, dass es Aisha gut geht.

Ende

Ehrensache, dass du bei deiner Schwester bleibst. Du wirst die Zähne zusammenbeißen müssen, aber das nimmst du in Kauf. Ihr zieht weiter. Die Schmerzen in deinem Arm sind schlimm, aber du lässt dir nichts anmerken.

Dann erreicht ihr ein kleines Dorf, in dem es eine Polizeistation gibt. Dort liefert ihr den verhinderten Dieb ab. Der Kerl ist bei der Polizei kein Unbekannter. Das lässt dich aufhorchen. Wenn die Polizei diesen Mann kennt, dann kennt sie womöglich auch seinen Auftraggeber! Du unterhältst dich ein bisschen mit dem Polizisten.

„Vor einem Jahr hat der Kerl schon mal Vieh gestohlen", sagt der Polizist. „Damals hat er es an Ibrahim verkauft. Der wohnt im Nachbardorf. Man konnte Ibrahim jedoch nicht nachweisen, dass er etwas mit dem Diebstahl zu tun hatte."

Dir sagt der Name nichts – aber vielleicht den anderen. Du berichtest ihnen, was du erfahren hast.

„Ibrahim?", stutzt Aisha. „Ich kenne jemanden, der so heißt. Er gehört zu meinen Verehrern. Aber ich kann ihn nicht ausstehen und habe ihm einen Korb gegeben."

Deine Gedanken überschlagen sich. Steckt dieser Ibrahim vielleicht hinter allem? Ist er eifersüchtig und will deshalb die Hochzeit mit allen Mitteln verhindern? Du schlägst vor, Ibrahim einen Besuch abzustatten, aber die anderen sind dagegen. Sie wollen heute hier übernachten und morgen weiterziehen, um keine Zeit zu verlieren.

Wenn du Ibrahim allein aufsuchst, lies weiter auf Seite 84

Wenn du bei den anderen bleibst, lies weiter auf Seite 85

Du schleppst dich weiter. Eine Zeit lang scheint es, als würdest du überhaupt nicht vorankommen. Die Sonne brennt dir auf den Schädel, jeder Schritt wird zur Qual, du bist fix und fertig.

Aber dann, dann endlich werden die Palmen doch langsam größer und schließlich hast du es geschafft – du erreichst ein kleines Dorf, das sich um die Oase drängt! Und genau hierhin führen auch die Spuren ...

Du stürzt zum nächsten Haus. Der Besitzer gibt dir zu trinken und bietet dir sogar Feigen und Datteln an.

Derart gestärkt schaust du dich vorsichtig im Dorf um – sind hier irgendwo die gestohlenen Kamele? Du willst die Suche schon abbrechen, da siehst du plötzlich deinen guten alten Falsal in einem Stall! Und dort sind auch die anderen Tiere!

Aber schon taucht ein neues Problem auf: Zwei bewaffnete Männer lehnen im Schatten des Stalls. Offenbar haben sie die Aufgabe, die Tiere zu bewachen – und du bist allein und unbewaffnet ...

Wenn du versuchst, im Alleingang die Kamele zurückzuholen, lies weiter auf Seite 86

Wenn du Hilfe holen willst, lies weiter auf Seite 87

Es ist ein grausames Spiel, das die Wüste mit dir spielen will. Aber da machst du nicht mit. Also irrst du weiter. Nach einer Weile verliert sich die Spur im Sand. Mag sein, dass sie der Wind vernichtet hat. Mag sein, dass deine Augen inzwischen zu sehr von der Sonne geblendet sind. Aber woran es liegt, spielt auch keine Rolle mehr. Es ist nichts mehr zu sehen von der Spur, nichts, absolut nichts. Nur noch Sand und Geröll umgeben dich.

Schlagartig wird dir klar, dass es nun auch keine Spur mehr gibt, die du zurückverfolgen kannst. Mit anderen Worten: Du bist verloren!

Ende

Herrlich, so viel Geld hast du noch nie in der Hand gehabt! Du schnappst dir die Scheinchen, lässt dir ein Bett zuweisen, stopfst sie unter das Kissen und schläfst glücklich ein.

Doch am nächsten Morgen kommt die Ernüchterung. Barsch erinnert dich Omar an eure Abmachung und du musst Folge leisten. Jetzt kommt dir das Geschäft überhaupt nicht mehr gut vor. Viel lieber würdest du an den Start gehen, aber das kommt jetzt nicht mehr infrage.

Bedrückt reitest du nach Hause. Die 1000 Dollar sind nur ein schwacher Trost. Du nimmst dir vor, nie wieder so leichtsinnig zu sein.

Ende

Die Nebel lichten sich. Du sollst auf das Rennen verzichten? Niemals! Deswegen bist du schließlich hier. Außerdem ist die Siegprämie höher.

„Keine Chance", sagst du zu Omar. „Ich will morgen antreten."

Omars Gesicht verfärbt sich vor Ärger. „Du hast mich wohl nicht richtig verstanden! Nimm das Geld und hau ab!"

Doch du lässt dich nicht beeindrucken.

Da pfeift Omar ein paar Männer heran. Und ehe du dich versiehst, wirst du gepackt und gefesselt. Omars Leute schleppen dich weit hinaus in die Wüste. Dort setzen sie dich irgendwo aus.

Du verfluchst die brutale Bande. Aber dann läufst du los, was sollst du auch sonst tun? Die ganze Nacht irrst du umher, findest aber keine Menschenseele, die dir helfen könnte.

Am nächsten Morgen erreichst du eine Bergkette und stößt dort auf eine Höhle. Vorsichtig betrittst du sie: Ein langer Gang öffnet sich vor dir.

Lies weiter auf Seite 31

Ein feines Angebot, denkst du dir und gibst deinen guten alten Falsal in die Obhut von Omar. Dessen Stallburschen sind wirklich sehr nett und kümmern sich fachkundig um dein Kamel. Beruhigt gehst du zu Bett.

Am nächsten Morgen, gleich nach dem Aufstehen, holst du Falsal aus Omars Stall. Sofort merkst du, dass etwas nicht stimmt. Falsal kommt kaum auf die Beine. Keine Frage, er ist krank! Du fragst die Stallburschen, ob es in der Nacht irgendwelche Probleme gegeben hat.

„Nein, es war alles bestens", antworten die Stallburschen schnell.

Nachdenklich reitest du zum Rennplatz. Hunderte von Zuschauern haben sich dort bereits eingefunden, die Stimmung ist prächtig. Während die letzten Wetten abgeschlossen werden, bereiten sich die Reiter auf den Start vor. Auch Omar ist da.

„Na, gut geschlafen?", fragt er dich.

„Ich schon", antwortest du. „Aber Falsal nicht. Er ist krank."

„Oh, das tut mir aber leid", sagt Omar und grinst unverschämt.

Und jetzt wird dir schlagartig klar, dass Omars Stallburschen deinem Falsal etwas ins Futter gemischt haben müssen.

„Du hast Falsal außer Gefecht gesetzt, um das Rennen gewinnen zu können", wirfst du Omar wütend vor.

Der lacht dich aus. Dann flüstert er: „Kann schon sein. Aber das kannst du mir nicht beweisen. Und jetzt muss ich an den Start!"

Traurig siehst du ihm zu, wie er das Rennen tatsächlich gewinnt. Hättest du doch Falsal nie in seine Obhut gegeben!

Ende

Badr ist wütend, dass du ihm das Kamel nicht leihst, das merkst du genau.

Kurz vor dem Rennen am nächsten Morgen redet er noch mal auf dich ein.

„Es hat keinen Sinn, Badr", versuchst du ihm zu erklären. „Falsal hört nur auf mich, du hättest mit ihm keinen Erfolg."

„Das sagst du nur, weil du gewinnen willst und es dir egal ist, ob ich mein Gesicht verliere", zischt dein Bruder.

Wortlos lässt du ihn stehen und sattelst Falsal. Dabei stellst du entsetzt fest, dass einige Riemen durchtrennt worden sind – der Sattel ist unbrauchbar!

„Kannst du mir einen Sattel leihen?", fragst du deinen Bruder, obwohl du ahnst, was er antworten wird.

„Dir etwas leihen?" Badr lacht schallend. „Warum sollte ich? Tut mir leid, aber in meinem Sattel kann nur ich reiten!"

Fieberhaft überlegst du. Das Rennen beginnt in fünf Minuten. So schnell wirst du keinen anderen Sattel auftreiben.

Wenn du ohne Sattel an den Start gehst, lies weiter auf Seite **72**

Wenn du auf den Start verzichtest, lies weiter auf Seite **74**

Du nimmst einen riesigen Anlauf und flitzt los. Die Spalte fliegt förmlich auf dich zu. Als du über den Abgrund segelst, hörst du dich selbst schreien. Hart landest du auf der anderen Seite, aber du hast es geschafft!

Zügig gehst du weiter und gelangst zu einem Höhlenausgang. Keine Spur von deinen Ziegen. Gerade, als du enttäuscht umkehren willst, stockt dir der Atem. Die Bergkette dort, genau gegenüber dem Höhlenausgang ... Sie hat regelrechte Zinnen! Leise zählst du. Ja, es sind genau sieben Stück! Dir fällt wieder die Geschichte von Al Deir ein, die der alte Talal am Lagerfeuer erzählt hat. Die sieben Zinnen ... Liegt die sagenhafte Stadt etwa genau vor deiner Nase? Aber dort ist nichts zu sehen außer Sand.

Andererseits: Talal hat doch erzählt, dass die Stadt vom Sand verschüttet wurde. Also müsste man hier ein wenig graben. Aber du hast kein Werkzeug, du müsstest mit bloßen Händen buddeln. Und von den Ziegen fehlt auch noch jede Spur ...

**Wenn du zu graben beginnst,
lies weiter auf Seite**
73

**Wenn du lieber nach den Ziegen suchst,
lies weiter auf Seite**
76

Gelächter brandet auf, als du ohne Sattel an den Start gehst. Niemand setzt auch nur eine einzige Münze auf deinen Sieg. Dann geht es los. Du hältst dich zunächst gar nicht mal so schlecht. Aber dann passiert es doch – kurz vor dem Ziel verlierst du den Halt und stürzt von Falsal. Blitzschnell rollst du dich zur Seite, um nicht von den nachfolgenden Tieren überrannt zu werden.

Traurig stehst du auf der Rennbahn und siehst den anderen hinterher, wie sie um den Sieg kämpfen.

Dann ist das Rennen vorbei, der Sieger wird bejubelt und bekommt viel Geld. Höflich gratulierst du dem erfolgreichen Reiter.

Da weht ein Lachen an deine Ohren. Natürlich, das kommt von Badr. Er zeigt auf dich und lacht sich schlapp. Aber schnell merkt er, dass er der Einzige ist, der lacht. Denn plötzlich brandet noch mal Beifall auf, und der gilt dir, wie du überrascht feststellst.

„Den hast du verdient", sagt der Sieger zu dir. „Denn du hast viel Mut bewiesen, ohne Sattel anzutreten!"

Und jetzt fühlst du dich auch wie ein kleiner Sieger.

Ende

Du suchst das Gelände mit den Augen ab. Und da fällt dir eine Senke auf. Dort führt ein stufenförmiger Pfad hinab – seltsam ... Du beginnst an dieser Stelle den Sand mit den Händen beiseitezuschaufeln. Du staunst nicht schlecht, als du kurz darauf tatsächlich eine Stufe freigelegt hast. Zweifellos war hier irgendwann einmal ein Mensch am Werk! Aufgeregt suchst du weiter und findest kurz darauf eine Goldmünze. Nicht zu fassen, du scheinst Al Deir wirklich auf der Spur zu sein! Weiter geht die Suche. Plötzlich stößt du auf eine Steinplatte. Du rüttelst daran, und siehe da, sie lässt sich verschieben. Mit pochendem Herzen spähst du in das Loch, das sich unter der Platte aufgetan hat. Du schaust in einen dunklen Raum. Unmöglich zu sagen, was sich dort verbirgt. Und dann bekommst du einen Mordsschreck: Aus dem Loch dringen leise Klopfzeichen!

**Wenn du in das Loch kletterst,
lies weiter auf Seite** 88

**Wenn du draußen bleibst,
lies weiter auf Seite** 90

Es hat keinen Sinn. Ohne Sattel bist du vermutlich chancen-los.

„Du warst es, der die Riemen kaputt gemacht hat, oder?", fragst du deinen Bruder.

Badr grinst. „Richtig, Brüderchen. Jetzt siehst du mal, wie es ist, wenn man auf Hilfe angewiesen ist und sie nicht be-kommt. Du bist ein Egoist und dafür erhältst du jetzt die Quittung."

Angewidert schüttelst du den Kopf. „Du hast meine Sieg-chance kaputt gemacht, weil du es nicht ertragen würdest, wenn ich gesiegt hätte. Das hätte ich dir nicht zugetraut."

Du knallst Badr den kaputten Sattel vor die Füße und ziehst mit Falsal zurück zu deiner Familie.

Am Abend sitzt ihr um das Feuer. Diesmal bist du es, der eine Geschichte erzählt. Sie handelt von einem Kamelrennen, von Neid und Missgunst. Du erwähnst deinen Bruder mit keiner Silbe. Als du geendet hast, schweigen alle. Sie wirken be-drückt. Am traurigsten bist du selbst – denn du hast das Gefühl, einen Bruder verloren zu haben.

Ende

Du bist schließlich kein Maulwurf, folglich suchst du lieber nach deinen Ziegen.

Und endlich, endlich hast du Glück: Deine Herde hat ein winziges Wasserloch entdeckt, um das herum Büsche mit saftigen Blättern wachsen. Du bist unendlich erleichtert. Jetzt hast du nicht nur deine Ziegen wieder, sondern auch noch einen neuen Weideplatz entdeckt!

Ende

Mit dem geliehenen Geld gelangst du wieder auf die Siegerstraße. Und dann hast du auch noch vier Könige auf der Hand – ein Quartett, das ist kaum zu überbieten! Vorsichtig, um die anderen nicht zu verschrecken, setzt du erst mal einen kleinen Betrag.

Zwei Spieler steigen aus, aber einer hält dagegen. Nicht nur das, er erhöht seinen Einsatz, wieder und wieder!

Dir wird langsam warm. Hat der Kerl etwa noch ein besseres Blatt als du? Ist das überhaupt möglich? Ja, das ist es. Aber ist es auch wahrscheinlich? Nein, glaubst du, der Kerl blufft nur, damit du aussteigst und er die Kohle einstreichen kann! Aber nicht mit dir! Du vertraust auf dein Quartett.

Doch dein Gegner erhöht den Einsatz gnadenlos weiter. Totenstille kehrt in dem stickigen Raum ein. Nur das Rascheln der Geldscheine ist zu hören, die in die Mitte des Spieltisches gelegt werden. Dann kommt der Moment, in dem dein ganzes Geld dort liegt – und dein Gegenüber erhöht den Einsatz erneut.

„Steigst du aus, oder willst du lieber deine Teppiche setzen?", fragt er.

**Wenn du die Teppiche setzt,
lies weiter auf Seite**   **89**

**Wenn du aussteigst,
lies weiter auf Seite**   **20**

„Ne, Jungs", sagst du und schiebst den Stuhl zurück. „War zwar nett mit euch, aber man muss wissen, wann man aufhört. Und dieser Punkt ist jetzt für mich erreicht."

Dann trittst du den Rückzug an. Niemand hält dich auf. Irgendwie bist du erleichtert, als du wieder auf der Straße stehst. Natürlich, du hast dein Geld verloren, aber es hätte schlimmer kommen können, wenn du dir auch noch Geld geborgt hättest.

Lies weiter auf Seite 46

Wenig später hast du dich für eine Herberge entschieden. Von außen sah sie ja noch ganz gut aus. Aber jetzt, wo du in deinem Zimmerchen stehst, bist du maßlos enttäuscht. Alles ist schmuddelig und verwohnt. Du bist in einer echten Drecksbude gelandet. Aber was sollst du tun? Dich wieder auf die Suche machen?

Nein, dafür bist du jetzt einfach zu mutlos und müde. Also lässt du dich auf das durchgelegene Bett fallen und machst die Augen zu. Und kurz darauf bist du wirklich im Land der Träume.

Allerdings nicht sehr lange, denn im Nachbarzimmer wird es plötzlich laut. Erregte Stimmen sind zu hören, es klingt nach einem Streit.

Wenn du dich bei deinem Zimmernachbarn beschwerst, lies weiter auf Seite **94**

Wenn du versuchst zu schlafen, lies weiter auf Seite **95**

Nach einigem Suchen stößt du auf eine halb verfallene Hütte an einem Fluss. Womöglich hat sie mal einem Fischer gehört. Es wird wohl niemand etwas dagegen haben, wenn du hier für eine Nacht unterkriechst, denkst du dir.

Bedrückt rollst du deine Teppiche auf einem der altersschwachen Betten aus und legst dich darauf. Durch das kaputte Dach glitzern Sterne, irgendwie tröstlich nach diesem glücklosen Tag. Und während du noch mit deinem Pech als Teppichhändler haderst, hörst du Stimmen, die lauter werden. Offenbar kommen Männer auf die Hütte zu. Vielleicht gehen sie weiter. Vielleicht entdecken sie dich hier aber auch, vielleicht sind es Räuber ...

**Wenn du in der Hütte bleibst,
lies weiter auf Seite** **96**

**Wenn du fliehst,
lies weiter auf Seite** **97**

„Nein, danke", sagst du kühl. „Ich versuche lieber hier mein Glück."

Der Mann funkelt dich an. „Das wirst du noch bereuen", sagt er düster. „Ein solches Angebot bekommst du vermutlich nie wieder."

Du lässt dich nicht einschüchtern und wartest weiter auf einen Kunden, der sofort in bar bezahlt.

Doch da kannst du lange warten – niemand interessiert sich für deine Ware. Spät am Abend gibst du es auf. Morgen willst du einen zweiten Anlauf auf dem Markt wagen. Jetzt suchst du dir erst mal ein Plätzchen zum Übernachten, das nichts kostet.

Lies weiter auf Seite   **80**

Was für eine Pracht!, denkst du, als du vor dem gewaltigen Palast mit seinen vergoldeten Türmen stehst.

„Komm weiter", ermahnt dich der andere.

Die Wachen lassen euch in das Innere des Palastes und du erstarrst fast vor Ehrfurcht. Einen solchen Glanz hast du noch nie gesehen. Ein Diener führt dich zu den Gemächern des Sultans, andere tragen die Teppiche. Und dann stehst du vor dem Herrscher, einem älteren, kleinen Mann mit listigen Augen. Nach einer tiefen Verbeugung stellst du dich vor.

Kritisch beäugt der Sultan deine Waren.

„Nicht schlecht", urteilt er schließlich anerkennend. „Wie viel willst du dafür haben?"

Dir wird abwechselnd heiß und kalt. Sollst du einen hohen Preis verlangen, weil der Sultan schließlich sehr reich ist? Oder sollst du lieber einen niedrigen Preis ansetzen, um dem Sultan zu schmeicheln?

**Wenn du einen hohen Preis forderst,
lies weiter auf Seite**   98

**Wenn du wenig verlangst,
lies weiter auf Seite**   99

Nur zwei Stunden später erreichst du das Nachbardorf. Während des Rittes hast du genau geplant, wie du Ibrahim auf den Zahn fühlen willst. Ein Kind zeigt dir Ibrahim, der allein im einzigen Café des Dorfes sitzt. Du hockst dich neben den großen, schlanken Mann und beginnst ein unverfängliches Gespräch über Kamelrennen und die Falkenjagd. Ibrahim ist ziemlich redselig. Dann erzählst du eine lange Geschichte über ein Mädchen, das du angeblich liebst: „Sie heißt Aisha, aber leider liebt sie mich nicht. Und sie ist so arrogant. Hättest mal sehen sollen, wie die mich abblitzen ließ!"

Ibrahim stutzt. „Aisha? Die kenne ich auch. Was für eine wunderbare Frau – aber so hochnäsig." In seine Stimme mischt sich Wut. „Auch mich hat sie abgewiesen, unglaublich! Dabei liebe ich sie wie kein anderer."

„Ach, wirklich?", fragst du interessiert nach. „Traurig für uns, dass sie jetzt jemand anderen heiratet, wie ich gehört habe."

„Ja, das habe ich auch gehört!", braust Ibrahim auf. „Aber dazu wird es nicht kommen! Das werde ich verhindern." Dann berichtet er von seinen heimtückischen Anschlägen auf eure Karawane.

Dir tritt der kalte Schweiß auf die Stirn. Jetzt weißt du, wer hinter allem steckt – aber was willst du mit der Information anfangen? Sollst du Ibrahim sagen, wer du wirklich bist?

Wenn du Ibrahim deine wahre Identität verrätst, lies weiter auf Seite   **100**

Wenn du das nicht tust, lies weiter auf Seite   **101**

In dieser Nacht willst du besonders wachsam sein. Dein Gefühl sagt dir, dass der Täter wieder zuschlagen wird. Und du könntest wetten, dass dieser Täter Ibrahim heißt. Am Zelteingang legst du dich auf die Lauer.

Kurz nach Mitternacht gleitet ein Schatten auf euer kleines Lager zu. Deine Augen werden schmal, deine Hand tastet zum Dolch und zückt ihn. Der Schatten hat jetzt das erste Zelt erreicht, in dem Aisha schläft. Was hat der Mann vor? Dein Herz schlägt dir bis zum Hals. Jetzt öffnet der Kerl Aishas Zelt. Wie ein Blitz schießt du aus deinem Zelt und rennst geräuschlos auf den Mann zu. Du springst ihn von hinten an und reißt ihn nieder. Der Mann brüllt, aber das ist dir nur recht. Denn der Lärm weckt deine Freunde. Gemeinsam habt ihr keine Mühe, den Eindringling zu überwältigen.

Aisha schaut sich den Mann an. „Ibrahim ...", sagt sie nachdenklich. „Was hattest du vor?"

Ibrahim presst die Lippen aufeinander.

Da reicht es dir. Du untersuchst seine Kleider und förderst ein kleines Fläschchen zutage, das ein Totenkopf ziert.

„Ich wollte das Gift in Aishas Trinkflasche gießen", gesteht Ibrahim. „Denn ich konnte nicht ertragen, dass sie mir einen Korb gegeben hat." Dann gibt er auch zu, hinter allen anderen Anschlägen auf eure Karawane gesteckt zu haben. Ihr übergebt den Kerl der Polizei und setzt eure Reise am nächsten Tag fort. Es wird eine wunderschöne Hochzeit – und Ibrahim ist schnell vergessen.

Ende

Du versteckst dich hinter dem dicken Stamm einer Palme und sondierst die Lage. Irgendwie muss es dir gelingen, die Wachposten wegzulocken. Da hast du eine Idee.

Gleich neben dem Stall ist ein offener Schuppen, in dem Brennholz gelagert ist. Unbemerkt schleichst du dich hin und machst ein Feuerchen. Dann saust du wieder zur Palme zurück und wartest ab, was geschieht.

Es vergehen keine zwei Minuten, bis die Wachen den Brand bemerken. Sie schlagen Alarm. Von allen Seiten stürzen Dorfbewohner heran und beginnen zu löschen.

„Wir müssen verhindern, dass das Feuer auf den Stall übergreift!", brüllt jemand.

Richtig, denkst du, es wäre nämlich wirklich schade um die Kamele. Um die kümmerst du dich jetzt höchstpersönlich. Denn während die anderen durch das Löschen abgelenkt sind, kannst du die Tiere rasch losbinden. Du schwingst dich auf Falsal und ziehst die übrigen Tiere hinter dir her. Doch da sieht dich doch jemand.

„Halt oder ich schieße!", brüllt er.

Wenn du anhältst, lies weiter auf Seite 102

Wenn du weiterreitest, lies weiter auf Seite 103

Du läufst zu dem netten Mann zurück, der dich vorhin bewirtet hat, und erklärst ihm deine Situation.

„Sehr freundlich, dass du zu mir gekommen bist", sagt der Mann mit einem breiten Grinsen.

„Wie meinst du das?", fragst du und wirst plötzlich unsicher.

Der Mann spuckt aus. „Nun ja", sagt er gedehnt, „es ist so, dass wir hier alle im Dorf von der, sagen wir mal, Viehzucht leben ..."

Du verstehst nur Bahnhof. Das ändert sich allerdings schlagartig, als der Mann eine Schusswaffe unter seiner Galabeja hervorzieht.

„Anders ausgedrückt: Wir leben vom Viehdiebstahl", sagt er kalt und ergänzt: „Der Stall, in dem du deine Tiere gesehen hast, gehört meinem Bruder. Wir arbeiten zusammen. Und jetzt nimm schön deine Hände hoch, mein Freund."

Blitzschnell schmiedest du einen kühnen Plan.

„Okay", sagst du. „Aber ein Riemen meiner Sandale ist locker. Ich mache ihn schnell zu."

„Gut, aber keine Tricks", schnarrt der Mann.

Du bückst dich, greifst in den Sand und schleuderst ihn dem Mann ins Gesicht. Der Kerl brüllt auf, und du rennst um dein Leben.

Aber du bist zu langsam, ein Schuss peitscht und trifft dich. Und während du zu Boden gehst, weißt du, das ist dein

Ende

Du überwindest deine Angst und lässt dich geräuschlos in das Loch hinab. Es ist stickig hier drin. Außerdem riecht es seltsam. Nach Verfall, nach Schimmel, nach Tod. Angestrengt lauschst du. Und da ist es wieder: ein Klopfen, ein Scharren! Alle Haare stehen dir zu Berge. Wurde hier jemand lebendig begraben? Plötzlich hast du nur noch einen Wunsch: weg!

Aber du bleibst cool, reißt dich zusammen. Nein, hier ist niemand lebendig begraben worden, diese seltsamen Geräusche müssen eine andere Ursache haben. Und der willst du jetzt auf den Grund gehen.

Vorsichtig gehst du weiter. Langsam gewöhnen sich deine Augen an das schwache Licht hier unten. Übrigens: Woher kommt der Lichtschein? Auch das irritiert dich.

Das Klopfen wird lauter, nun sind auch Stimmen zu hören. Du drückst dich an die Wand, schiebst dich vor, spähst um eine Ecke – und dann siehst du drei Männer, die dir den Rücken zudrehen. Sie beugen sich über etwas, das am Boden liegt.

**Wenn du die Männer ansprichst,
lies weiter auf Seite** **106**

**Wenn du die Männer erst einmal belauschst,
lies weiter auf Seite** **107**

Wenn das mal gut geht, sagst du dir insgeheim. Aber nach außen bleibst du ganz cool.

„Okay, ich setze die Teppiche", erwiderst du.

Dein Gegner sieht dich mit einer Mischung aus Überraschung und unterdrückter Wut an. Er zögert, scheint nachzudenken. Du erkennst, dass die Finger, die die Spielkarten halten, zittern.

Was ist, wenn er noch mal erhöht?, fragst du dich. Du hättest nichts mehr, das du dagegen setzen könntest ...

Aber dazu kommt es nicht. Denn der andere hat kein Geld mehr – und auch keine Teppiche, die er setzen könnte.

„Deck auf", sagt er. Seine Stimme ist nur ein Krächzen.

Du lässt dir Zeit, zeigst erst ein Pärchen: zwei deiner vier Könige.

Der andere lacht und überbietet dich locker mit einem Trio.

Aber dann kommt dein großer Moment, in dem du die anderen beiden Könige auf den Tisch knallst.

Dein Gegner wird bleich. Seine Lippen beben. Ganz offensichtlich kann er nicht mithalten. Wütend wirft er die Karten zu Boden. Lächelnd greifst du nach den Geldscheinen. Doch der andere kommt dir zuvor. Blitzschnell rafft er das Geld zusammen und rennt aus dem Haus, bevor du reagieren kannst. Du springst auf, willst ihn verfolgen.

„Vorsicht!", warnt dich einer der übrigen Mitspieler. „Der Kerl ist bewaffnet!"

Wenn du ihn trotzdem verfolgst, lies weiter auf Seite 108

Wenn du ihn nicht verfolgst, lies weiter auf Seite 20

So schnell du kannst, rennst du zurück zu deiner Familie. Aufgeregt erzählst du von deinem Fund. Ihr holt Spaten und Schaufeln, tragt Wassersäcke und Lebensmittel zusammen und wollt schon aufbrechen – da kommt starker Wind auf. Als Wüstenbewohner wisst ihr, dass das kein gutes Zeichen ist. Und richtig, kurz darauf bricht ein ausgewachsener Sturm los, der einen Aufbruch unmöglich macht. Also verschiebt ihr eure Expedition auf den nächsten Tag.

Im Morgengrauen zieht ihr auf euren Kamelen los. Der Wind hat sich gelegt und ihr kommt schnell voran. Nach einer Stunde seid ihr am Ziel. Doch da folgt die Ernüchterung – von der Senke und der Treppe fehlt jede Spur! Alles sieht absolut gleich aus, wie ein weiter, ruhiger Ozean. Es dämmert dir: Der Sturm hat die letzten Spuren von Al Deir verwischt. Hämisch fragt deine Familie dich nach der berühmten Stadt des Goldes. Kleinlaut musst du eingestehen, dass du keine Ahnung hast, wo ihr jetzt zu graben anfangen sollt.

Es wird ein bitterer Rückweg, ständig reißt man Witze über dich.

Ende

Vorsichtig beginnst du, den Hang hinunterzuklettern. Bei jedem Schritt rutscht Geröll unter deinen Schuhen weg. Dann gibt der Boden unter dir nach, du stürzt und rauschst in einer Lawine aus Steinen, Sand und Staub nach unten. Benommen bleibst du liegen.

Die kleine Ziege weckt deine Lebensgeister, indem sie dich immer wieder anstupst. Du schüttelst dich und wirst langsam wieder klar im Kopf. Dann untersuchst du deine Knochen – alles in Ordnung, du hast wohl noch mal Glück gehabt.

Du hebst das Zicklein hoch und beginnst, den Hang wieder hinaufzuklettern. Unter größten Mühen gelingt dir der Aufstieg. Völlig erschöpft kommst du oben an. Die kleine Ziege springt aus deinen Armen und läuft davon.

Das darf doch nicht wahr sein, jetzt haut die schon wieder ab!, denkst du wütend und saust ihr hinterher. Du findest das Tier in der Nähe der Herde vor einem Busch. Diese Art von Sträuchern hast du hier noch nie gesehen. Du zupfst ein paar Blätter ab und zeigst sie am Abend deiner Großmutter, die sich mit Pflanzen gut auskennt.

Deine Großmutter ist begeistert. Mithilfe des Zickleins bist du auf eine seltene Heilpflanze gestoßen! Du holst dir ein paar Ableger und züchtest die Heilpflanze. Zwei Jahre später bist du reich!

Ende

Zu riskant, denkst du dir und überlässt das Zicklein seinem Schicksal.

Später machst du dich mit den verbliebenen Ziegen auf den Rückweg zum Zeltplatz. Unterwegs kommst du an einer Schlucht vorbei. Und hier passiert es: Ein Ziegenbock springt dich von hinten an, du verlierst das Gleichgewicht und fällst in die Schlucht. Dabei brichst du dir ein Bein.

Als du nicht zu Hause auftauchst, macht sich deine Familie auf die Suche nach dir und rettet dich kurz vor dem Verdursten.

Auf dem Krankenlager denkst du lange darüber nach, ob die Sache mit dem Zicklein und dein Sturz etwas miteinander zu tun haben könnten. Und irgendwie hast du das Gefühl, dass das alles kein Zufall war ...

Ende

Genervt gehst du zur Tür des Nachbarzimmers. Gerade, als du anklopfen willst, hörst du Schreie.

Da ist ein Kampf im Gange!, durchfährt es dich. Mit voller Wucht schlägst du gegen die Tür. Doch niemand öffnet. Dafür herrscht plötzlich eine unheimliche Stille. Du zögerst keine Sekunde, nimmst Anlauf und wirfst dich gegen die Tür. Das billige Ding fliegt aus den Angeln und du krachst in einem Splitterregen in den Raum. Blitzschnell bist du wieder auf den Beinen. Aus den Augenwinkeln nimmst du wahr, dass etwas von links auf dich zuschießt. Du bückst dich im letzten Moment und unmittelbar hinter dir zerbirst eine Vase an der Wand. Du kommst wieder hoch und hast innerhalb einer Sekunde die Situation erfasst: Zwei Männer sind außer dir in diesem Zimmer – der eine liegt mit einer blutenden Stichwunde am Boden, der andere greift gerade zum nächsten Wurfgeschoss, einem schweren Aschenbecher. Du schnappst dir ein Tischchen und hältst es wie einen Schild vor dich. Der Aschenbecher prallt ab – und jetzt bist du dran. Du setzt den Angreifer mit dem Tischchen außer Gefecht. Dann beugst du dich über den Mann mit der Stichverletzung.

„Keine Polizei!", stöhnt der Verletzte. „Bring mich hier einfach raus. Ich werde dir viel Geld geben."

**Wenn du gehorchst,
lies weiter auf Seite** 109

**Wenn du die Polizei holst,
lies weiter auf Seite** 110

Du versuchst, den Lärm zu ignorieren und irgendwann gelingt dir das auch. Du fällst in einen tiefen Schlaf.

Als du am nächsten Morgen zeitig aufstehst und auf dem Weg zum Frühstücksraum am Nachbarzimmer vorbeikommst, fällt dir auf, dass die Tür offen steht. Ob du mal nachsehen sollst?

Klar, die Neugier siegt. Erst klopfst du an. Als sich niemand rührt, gibst du der Tür einen Schubs. Sie schwingt knarrend auf und gibt den Blick in das Zimmer frei. Du erstarrst – da liegt ein Mann auf dem Boden! Du überwindest deine Angst und gehst zu ihm. In der Schulter des Mannes steckt ein Messer. Erleichtert stellst du fest, dass der Mann noch atmet. Sofort holst du Hilfe. Zum Glück kann das Leben des Mannes gerettet werden.

Später besuchst du ihn im Krankenhaus und erfährst, dass er am späten Abend von einem Räuber überfallen wurde, der sich als Zimmerkellner ausgegeben hatte. Du hast ein furchtbar schlechtes Gewissen, weil du in dieser Nacht einfach im Bett geblieben bist, anstatt nachzuschauen, was im Nachbarzimmer vor sich ging. Das wird dir nie wieder passieren, schwörst du dir.

Ende

Durch eine zersplitterte Scheibe siehst du zwei Männer genau auf die Hütte zukommen. Einer trägt ein Gewehr. Was wollen die hier? Eine innere Stimme rät dir, dich zu verstecken. Du schiebst deine Teppiche schnell unter das Bettgestell und suchst selbst nach einem Platz, wo du dich verkriechen kannst. Aber in dem dunklen Raum ist das gar nicht so leicht. Jetzt sind die Stimmen ganz nah – du hast keine Zeit mehr! Weil dir nichts Besseres einfällt, schlüpfst du zu deinen Teppichen unter das Bett.

Quietschend geht die Tür auf. Schwere Schritte auf dem Holzboden. Gemurmel, ein derber Fluch. Ein Licht flackert auf. Du schließt die Augen, betest, dass dich die Typen nicht finden. Jetzt setzt sich einer der Kerle auch noch auf das Bett. Der altersschwache Lattenrost biegt sich durch und es wird verdammt eng für dich da unten. Gut, dass du so schlank bist! „Wo ist die Ware?", fragt einer der Männer jetzt ungeduldig. „Langsam", kommt die Stimme vom Bett. Ächzend erhebt der Mann sich und geht ins angrenzende Zimmer. „Hier ist alles, was du bestellt hast. Zwölf Gewehre, zwei Pistolen", hörst du ihn rufen.

Ach du Schande!, durchfährt es dich. Du bist in einem Waffenschiebernest gelandet! Vorsichtig lugst du unterm Bett hervor und siehst, wie auch der andere Mann ins Nachbarzimmer geht. Jetzt könntest du vielleicht fliehen.

**Wenn du es versuchst,
lies weiter auf Seite**   111

**Wenn du unterm Bett bleibst,
lies weiter auf Seite**   112

Schon bist du wieder aus der Hütte geschlüpft und machst dich unbemerkt aus dem Staub.

Tja, und jetzt stehst du hier allein und schutzlos in der Nacht herum. Du bist sehr, sehr traurig, denn dein Ausflug in die Stadt ist bisher ein einziges Fiasko. Und irgendwie beschleicht dich das Gefühl, dass dich diese Stadt nicht will, dass du total fehl am Platze bist. Das hier ist nicht deine Welt, das wird dir nun schlagartig klar.

Okay, dann reitest du eben wieder nach Hause. Sollen sie dich doch auslachen, sollen sie doch spotten, dass du auch als Händler nichts taugst. Aber in dieser Stadt bleibst du keine Minute länger. Und so ziehst du mitten in der Nacht los.

Am Morgen, die Sonne erhebt sich als gewaltiger Feuerball aus dem kühlen Sand, kreuzt eine Händlerkarawane deinen Weg. Ihr setzt euch auf eine Tasse Kaffee zusammen und plaudert. Die Männer werden auf deine Teppiche aufmerksam. Stolz zeigst du sie ihnen. Die Männer sind begeistert von deiner Ware und kaufen dir alle Teppiche ab! Du kannst dein Glück kaum fassen!

Als strahlender Held kehrst du zu deiner Familie zurück.

Ende

Der Sultan legt den Kopf in den Nacken und lacht schallend. Du wirst ganz klein. Du hast dich verzockt, du hast zu viel verlangt, warst unverschämt und jetzt wird dich der Sultan aus dem Palast werfen. Wenn du Glück hast, fliegen dir die Teppiche hinterher. Aber es kommt ganz anders.

Denn als der Sultan seine Lachtränen aus den Augen gewischt hat, sagt er: „Der Preis ist zu hoch, mein Freund, und das weißt du auch. Aber ich mag Leute, die etwas riskieren."

Du verstehst nur Bahnhof.

„Du scheinst mir ein ausgebuffter Händler zu sein. Solche Leute kann ich gut gebrauchen", fährt der Sultan fort. „Was hältst du davon, für mich zu arbeiten? Ich zahle gut."

Du kannst dein Glück kaum fassen. Vor lauter Aufregung bist du nur zu einem Nicken in der Lage.

„Sehr gut", meint der Sultan. „Dann wirst du ab sofort in meinem Auftrag Teppiche verkaufen. Und für deine Teppiche da bekommst du, sagen wir mal, die Hälfte von dem, was du verlangt hast. Bist du damit einverstanden?"

Das ist eine Fangfrage, das spürst du. Aber du riskierst noch einmal eine ganze Menge, als du kühn entgegnest: „Nein!"

Der Sultan hebt die Augenbrauen. Dann lacht er erneut. „Du bist wirklich ein guter Händler. Du bekommst für deine Teppiche, was du willst. Auf gute Zusammenarbeit!" Er schüttelt deine Hand.

Am Hof des Sultans machst du eine Bilderbuchkarriere und alle aus deiner Familie sind mächtig stolz auf dich.

Ende

Der Sultan sieht dich mitleidig an. „Was, so wenig?"

Schon willst du den Preis erhöhen, aber der Herrscher lässt dich erst gar nicht zu Wort kommen.

„Mir scheint, dass du ein schlechter Händler bist. Oder ein Kriecher, der sich bei mir beliebt machen möchte. Beides kann ich absolut nicht ausstehen. Und mit solchen Leuten wie dir mache ich nie Geschäfte. Nimm deine Waren und geh!", befiehlt er hart.

Du bist völlig zerknirscht. „Aber ich ..."

„Kein Aber", unterbricht dich der Sultan ungeduldig. „Aus meinen Augen, Unwürdiger!"

Mit hängenden Schultern verlässt du den Palast. Du weißt, dass du eine große Chance verpasst hast. Aber diese Einsicht kommt reichlich spät.

Ende

„Danke, mehr wollte ich gar nicht wissen", sagst du kalt, als Ibrahim fertig ist. Dann eröffnest du ihm, wer du wirklich bist, und ergänzt: „Noch eine Attacke von dir und du wanderst in den Knast – hast du verstanden?"

Ibrahim nickt fassungslos. Er kann nicht glauben, dass du ihn so reingelegt hast. Aber er schwört, nichts mehr gegen Aisha zu unternehmen. Beruhigt reitest du zurück.

Ibrahim hält Wort. Die weitere Reise verläuft störungsfrei und es wird eine Traumhochzeit. Und das ist vor allem deinem Einsatz zu verdanken.

Ende

Wenig später verlässt du Ibrahim und machst dich auf den Weg zu Aisha und den anderen. Gemeinsam mit ihnen willst du klären, wie ihr weiter vorgeht.

Auf halber Strecke beschleicht dich ein merkwürdiges Gefühl. Du drehst dich im Sattel um. Und als ob du es geahnt hättest – ein Reiter verfolgt dich. Du lässt ihn zunächst ein Stück herankommen, drehst dich erneut um und erkennst im Mondlicht eine hoch aufgeschossene Gestalt, die durchaus Ibrahim sein könnte!

Warum reitet er dir nach? Hat er doch Verdacht geschöpft? Und was ist, wenn er dich jetzt zu Aisha reiten sieht?

**Wenn du die Richtung änderst,
lies weiter auf Seite** **104**

**Wenn du zu Aisha reitest,
lies weiter auf Seite** **113**

Eine Minute später bist du von Bewaffneten umzingelt. Sie zerren dich vom Kamel. Dann bringen sie dich an einen gottverlassenen Ort irgendwo in der Wüste, wo es absolut nichts gibt – außer Sand und Geröll. Lachend reiten deine Entführer davon und überlassen dich deinem Schicksal.

Du weißt, dass du ohne Wasser höchstens zwei Tage durchhalten wirst. Deine Chancen, dieses Abenteuer zu überleben, sind gleich null. Aber du willst nichts unversucht lassen. Also läufst du los, in der Hoffnung, durch Zufall auf eine Karawane zu stoßen. Die Chance ist verschwindend gering, aber was sollst du sonst tun? Dich einfach aufgeben? Am Morgen des zweiten Tages schwinden deine Kräfte. Noch nie hast du einen derartigen Durst verspürt. Du beginnst zu taumeln, dann sinkst du in den Sand, über dir diese furchtbare Sonne, die alles Leben verbrennen will – auch deins. Du spürst nichts mehr, nur eine unendliche Leere.

Später, du weißt gar nicht, wie viele Stunden vergangen sind, wirst du geweckt. Etwas Weiches, Feuchtes stupst dich an. Mühsam öffnest du die Augen – und fast hättest du vor Freude laut aufgeschrien: Da ist Falsal, dein treues Kamel! Irgendwie hat es dich gefunden. Mit letzter Kraft kletterst du in den Sattel. Falsal bringt dich sicher zu einem Ort, wo man dich wieder aufpäppelt.

Ende

Ein Gewehrschuss kracht. Etwas streift deine Haare, und du weißt, dass du gerade verdammtes Glück gehabt hast. Du beugst dich dicht über Falsal und treibst ihn an. Schnell vergrößert ihr den Abstand zu dem Schützen.

Ungehindert gelangt ihr zu Aisha und den anderen, die nach wie vor am Brunnen warten – in der Hoffnung, einer vorbeiziehenden Karawane Kamele abkaufen zu können. Deine Freunde staunen nicht schlecht, als du mit den Tieren aufkreuzt. Du wirst von allen gefeiert. Vergessen ist, dass du während deines Wachdienstes eingeschlafen bist. Jetzt zählt nur noch, dass ihr endlich weiterziehen könnt.

Ende

Du änderst den Kurs und hältst dich nun Richtung Norden. Du planst, einen Haken zu schlagen und zu Aisha zurückzukehren, sobald dich die unheimliche Gestalt nicht mehr verfolgt.

Dein Plan scheint aufzugehen. Denn als du dich zum dritten Mal umwendest, ist der Verfolger verschwunden.

Sehr gut!, denkst du und willst dein Kamel wieder in die korrekte Richtung lenken. Du wirfst einen Blick zum Himmel, um dich an den Sternen zu orientieren. Da bekommst du einen Mordsschreck: Kein einziger Stern ist zu sehen! Du versuchst, ganz cool zu bleiben. Aber die Angst gräbt sich doch tief in dein Herz. Ein Griff zum Wassersack – und der nächste Schock: Du hast kein Wasser dabei! Klar, du wolltest ja auch nicht lange wegbleiben!

Kein Wasser, keine Orientierung: Jetzt weißt du, dass du gleich zwei ganz große Probleme hast. Tapfer versuchst du, die Spuren des Kamels zurückzuverfolgen. So kämst du vielleicht wenigstens zum Dorf zurück.

Aber der Wind verwischt die Spuren, und bald irrst du mit deinem Kamel hilflos durch die nächtliche Wüste. Ihr kommt immer weiter vom Weg ab und verlauft euch hoffnungslos in den unendlichen Weiten.

Ende

Das sind bestimmt Archäologen, denkst du dir und kommst aus deinem Versteck.

„Hallo!", rufst du freundlich.

Die Männer fahren herum. In ihren Gesichtern liegt zuerst Überraschung, dann Wut.

„Was hast du hier verloren?", brüllt dich einer der Männer an.

„Ich, ich bin rein zufällig hier", stammelst du. „Ich kann ja wieder gehen, wenn ich störe ..."

„Von wegen, du wirst schön hierbleiben!", kommt es zurück.

„So weit kommt es noch, dass du uns die Tour vermasselst!"

Die Tour vermasseln? Was geht hier vor? Langsam trittst du den Rückzug an. Deine Gedanken überschlagen sich. Das sind keine Archäologen, so viel ist klar. Vermutlich sind es Diebe, die auf die sagenhafte Stadt gestoßen sind und jetzt ihre Schätze rauben wollen!

„Du sollst stehen bleiben!", schreit der Mann wieder.

Von wegen, sagst du dir und flitzt los, hinein in die Dunkelheit. Hinter dir werden Flüche laut. „Ihm nach!"

Du rennst um dein Leben. Doch du kennst den Weg nicht – und genau das wird dir zum Verhängnis. In der Finsternis übersiehst du eine tiefe Spalte im Boden und stürzt hinein.

Ende

Du spitzt die Ohren und staunst nicht schlecht. Denn du erfährst, dass das Trio auf einen sagenhaften Schatz gestoßen ist und beabsichtigt, ihn zu rauben. Aber da gibt es offensichtlich noch ein Problem ...

„Hier sind überall Fallen", hörst du einen der Männer sagen. „Ein falscher Schritt – und das war's!"

„Ja, wir brauchen Holzlatten, um sie über diesen Spalt zu legen", sagt ein anderer. „Kommt, wir besorgen uns welche."

Du machst dich winzig klein in deinem Versteck. Die Männer gehen an dir vorbei, ohne dich zu bemerken. Dann sind sie verschwunden. Nun schleichst du zu der Spalte. Netterweise haben die Männer eine Fackel zurückgelassen. Ihr Schein fällt auf einen Berg von Gold und Diamanten! Du bist regelrecht geblendet. Aber zwischen dir und dem Schatz ist dieser Spalt ... Er ist ziemlich breit und verdammt tief. Wenn du da doch nur rüber könntest, der Schatz wäre dein! Da fällt dein gieriger Blick auf ein Seil, das über dem Spalt von der Decke baumelt. Damit könnte man sich womöglich hinüberschwingen.

Wenn du das Seil ausprobierst,
lies weiter auf Seite **114**

Wenn du es nicht wagst,
lies weiter auf Seite **115**

Mit einem Satz bist du auf der Straße. Siehst dich um. Erkennst den Betrüger und rennst ihm hinterher. Wieselflink windet sich der Kerl durch die schmalen Gassen. Aber du bleibst dicht dran. Der Betrüger rennt an einem Obststand vorbei, kippt einen großen Korb mit Granatäpfeln um. Er hofft wohl, dass du darauf ausrutschst. Aber diesen Gefallen tust du ihm nicht. Elegant springst du über das Obst. Der Händler schickt euch derbe Flüche nach.

Meter für Meter kommst du dichter an den Fliehenden heran. Du hörst ihn schnaufen, offensichtlich geht ihm die Puste aus. Und tatsächlich, der Mann bleibt unvermittelt stehen und wirbelt herum. Du bremst und erschrickst – der Betrüger hält eine Pistole in der Hand! Passanten bringen sich schreiend in Sicherheit. Auch du springst hinter einen Wagen, der Honigmelonen geladen hat. Der Betrüger schießt einmal in die Luft, dann dreht er sich um und will weiterrennen. In diesem Augenblick packst du eine handliche Melone und wirfst sie dem Kerl genau an den Hinterkopf. Der Mann geht zu Boden, die Pistole fliegt in hohem Bogen weg. Sofort bist du bei ihm. Der Betrüger ist ein wenig benommen und es fällt dir nicht schwer, ihm das gewonnene Geld wieder abzunehmen. Dann machst du dich aus dem Staub, holst deine Teppiche und ziehst zum Markt, wo du deine Waren gut verkaufen kannst. Wahrlich, der Ausflug in die Stadt hat sich für dich sehr gelohnt!

Ende

Du hilfst dem Mann auf die Beine.

„Bring mir bitte meine Jacke", sagt der Verletzte schwach.

Erneut gehorchst du. „Was war hier los?", willst du dann aber doch wissen.

Der Mann antwortet nicht, sondern greift in die Jacke. Als er seine Hand wieder herauszieht, liegt ein schwerer Revolver darin.

„Nimm deine Pfoten hoch", herrscht er dich an. Dann fesselt er dich. Offenbar scheint ihn die Verletzung kaum zu behindern, die Wunde kann nicht tief sein.

„Danke für deine Hilfe", höhnt der Bewaffnete, nachdem er dich verschnürt und geknebelt hat. Er deutet auf den anderen Mann. „Das war mal mein Partner. Ich habe ihn übers Ohr gehauen, und jetzt wollte er sein Geld zurück. Doch daraus wird nichts. Und nun muss ich leider gehen."

Er untersucht den Bewusstlosen, nimmt sein Portmonee an sich und verschwindet.

Erst eine Stunde später kannst du auf dich aufmerksam machen, indem du mit deinen gefesselten Füßen gegen die Wand trittst. Die Polizei ist kurz darauf da und stellt dir eine Menge Fragen. Du verschweigst, dass du dem Geflohenen gegen Geld helfen wolltest, und die Polizisten glauben dir. Dennoch kommst du dir total mies vor. Du beschließt, niemals wieder in diese Stadt zu reisen. Dieses Pflaster ist dir viel zu heiß.

Ende

„Sie brauchen einen Arzt und der andere Kerl ein paar Handschellen", sagst du und rennst zur Rezeption.

Wenig später sind zwei Polizisten und ein Arzt da. Die Stichwunde ist nur oberflächlich und wird verbunden. Als der andere Mann wieder zu sich kommt, verhören ihn die Polizisten. Stück für Stück kommt die Wahrheit ans Tageslicht. Die Männer sind Drogenhändler und hatten sich wegen einer Lieferung gestritten. Jetzt verstehst du, warum der Verletzte keine Polizei holen wollte! Gut, dass du dich darauf nicht eingelassen hast!

Die Polizei lobt dein Verhalten und bittet dich am nächsten Morgen aufs Revier. Dort erlebst du eine Überraschung: Man gibt dir eine hohe Belohnung, die für Hinweise auf die beiden Drogenhändler ausgesetzt war!

Ende

Du rollst dich unter dem Bett hervor und bist blitzschnell auf den Beinen. Dann setzt du zu einem Sprint Richtung Tür an. Doch du kommst nicht weit. Ein Schuss kracht und trifft dich im Rücken. Eine tiefe Schwärze umgibt dich plötzlich. Du gehst hinüber in das Reich der ewigen Schatten.

Ende

Zehn Minuten später verlassen die beiden Kriminellen endlich die baufällige Hütte. Die Waffen haben sie in einer Sporttasche verstaut. Erleichtert krabbelst du unter dem Bett hervor. Ohne lange zu zögern, heftest du dich an die Fersen der Ganoven.

Kurz darauf erreichen sie die Innenstadt, wo sie sich trennen. Du bleibst an dem Mann dran, der die Waffen gekauft hat, musst aber natürlich einen gehörigen Abstand einhalten, um nicht aufzufallen. Der Waffenhändler taucht in einem ziemlich heruntergekommenen Viertel unter. Immer wieder wechselt er die Straßenseite, als fürchte er, dass man ihn beschattet. Doch du lässt dich nicht abschütteln.

Und endlich taucht eine Polizeistreife auf. Du hältst den Wagen auf und erklärst den Ordnungshütern, was du beobachtet hast. In dem Moment, da du auf den Waffenhändler zeigst, dreht dieser sich um. Augenblicklich ist ihm klar, was ihm blüht. Er flitzt los. Aber die Polizisten sind schneller und können den Kerl verhaften.

Später stellt sich heraus, dass der Mann nur ein kleines Licht in einer großen Waffenschieber-Bande war. Doch er verpfeift seinen Boss, und es gibt noch zahlreiche Verhaftungen. Die größte Waffenschmuggler-Bande wird so zerschlagen – dank dir!

Ende

Was hat der Kerl vor?, fragst du dich. Vermutlich hat er dich durchschaut, hat erraten, dass du in irgendeiner Form mit Aisha zu tun hast. Und jetzt will er dich sicherlich ausschalten und wartet nur auf eine gute Gelegenheit. Du erhöhst das Tempo, aber dein Verfolger lässt sich nicht abschütteln. Im Gegenteil, er kommt näher! Also musst du dir was einfallen lassen, und zwar ein bisschen plötzlich.

Als du an einem versandeten Brunnen zwischen zwei Dünen vorbeikommst, hast du eine gute Idee. Alter Beduinen-Trick! Blitzschnell gleitest du von Falsal und holst ein Seil aus deiner Satteltasche. Das eine Ende knotest du am Brunnen fest, das andere am Sattelknauf. Hinter einer der Dünen gehst du mit Falsal in Deckung. Das Seil liegt unsichtbar am Boden – wie eine tote Schlange.

Da stürmt dein Verfolger auf seinem Kamel heran. Kurz, bevor er den Brunnen erreicht, gibst du Falsal einen kräftigen Klaps auf den Hintern. Prompt setzt sich dein Kamel in Bewegung – und spannt das Seil. Dein Verfolger hat keine Chance: In voller Geschwindigkeit reitet er gegen das Hindernis und wird aus dem Sattel gehoben. Er kracht in den Sand und bleibt bewusstlos liegen.

Sofort bist du über ihm. Dein Verdacht bestätigt sich, es ist Ibrahim, der dich verfolgt hat. Du hast keine Mühe, den Schurken mit dem Seil sauber zu verschnüren. Dann legst du Ibrahim wie einen Mehlsack über sein Kamel und bringst ihn zu Aisha und den anderen.

„Hier ist ein vorgezogenes Hochzeitsgeschenk für dich, Aisha!", rufst du lachend. „Der Mann, der uns das Leben so schwer gemacht hat. Aber damit ist es nun vorbei! Wetten?"

Ende

Du nimmst Anlauf und springst auf das Seil zu. Kräftig packst du zu, aber was ist das? Das Seil gibt unter deinem Gewicht augenblicklich nach und du stürzt in die Tiefe. Die Erbauer von Al Deir haben ihren Schatz mit ein paar Fallen geschützt. Du bist ein Opfer ihres Erfindungsreichtums geworden – und deiner eigenen Gier.

Ende

Nein, das ist bestimmt eine der Fallen, von denen die Männer gerade gesprochen haben. Du ziehst dich zurück und schlüpfst unbemerkt aus den unterirdischen Gängen. Ganz in der Nähe haben die Männer ihre Pferde angebunden. Du leihst dir kurzerhand eines der Tiere aus und reitest zum nächsten Dorf. Dort alarmierst du die Polizei, die den geheimen Zugang zur versunkenen Stadt umstellt. Widerstandslos lassen sich die Männer festnehmen. Sie geben zu, dass sie den Schatz des legendären Al Deir rauben wollten.

Du wirst gleich zweimal gefeiert: Denn du hast nicht nur den Männern das Handwerk gelegt, sondern auch einen Zugang zur berühmten Stadt entdeckt! Mit einem Schlag bist du berühmt!

Ende

Fabian Lenk

Die Pyramide der 1000 Gefahren

Mit Illustrationen
von Stefani Kampmann

Ravensburger Buchverlag

Vor dir ragt die Cheops-Pyramide in den Sternenhimmel. Sie ist fast 150 Meter hoch und aus 2,3 Millionen Kalksteinblöcken erbaut. Jeder Steinblock wiegt 2,5 Tonnen. Vor 4600 Jahren haben hier zehntausende von Arbeitern jahrzehntelang geschuftet ... Und nun stehst du vor diesem Weltwunder aus Stein.

Du bist sehr stolz, dass du hier sein darfst – du hast bei einem Jugend-forscht-Wettbewerb im Fach Geschichte gewonnen. Zur Belohnung nimmst du an einem Ferienlager in Ägypten teil. Zwanzig Jugendliche aus aller Welt sind in diesem Zeltlager in der Nähe der Pyramiden zusammengekommen. Unter Anleitung von Archäologen werdet ihr in den nächsten drei Wochen an Ausgrabungen teilnehmen und die Pyramide erforschen. Du bist irrsinnig aufgeregt, denn die Welt der Pharaonen hat dich schon immer fasziniert. Gleich morgen soll es losgehen!

Der berühmte ägyptische Professor Tibi wird zuerst einen Einführungsvortrag halten, dann werdet ihr an Ausgrabungen teilnehmen. Insgeheim hoffst du, etwas Wertvolles zu finden. Vielleicht wirst du dadurch sogar berühmt!

Eigentlich solltest du längst schlafen, aber du bist völlig überdreht. Also stehst du vor deinem winzigen Zelt, das du dir mit deinem Freund Fynn teilst, und starrst die Pyramide an.

„Komm endlich rein oder mach wenigstens das Zelt zu!", hörst du ihn rufen. „Die Mücken fressen mich gleich auf! Außerdem habe ich Neuigkeiten", lockt Fynn. „Die werden dich umhauen."

Lies weiter auf Seite 8

Nur schwer kannst du dich von dem Anblick lösen, aber für Neuigkeiten bist du immer zu haben. Also schlüpfst du ins Zelt.

„Vorhin hat mich so ein komischer Typ angesprochen", erzählt Fynn. „Der hat gemeint, er könnte uns morgen was ganz Besonderes zeigen."

Du wirst misstrauisch. „Was denn?"

Fynn senkt die Stimme. „Einen Geheimgang in der Pyramide."

„Ich weiß nicht. Was will er dafür? Der will uns bestimmt übers Ohr hauen", sagst du zweifelnd.

„Warten wir's ab und hören wir uns zuerst seinen Vorschlag an", sagt Fynn. „Nach dem Frühstück können wir ihn treffen."

Am nächsten Morgen verdrückt ihr euer Frühstück in Rekordzeit. Ihr habt noch eine halbe Stunde, bis Professor Tibi seinen Einführungsvortrag hält. Vor dem Gemeinschaftszelt stoßt ihr auch gleich auf den Mann. Er heißt Abdullah.

„Seid ihr bereit?", fragt er und lächelt freundlich.

„Was verlangst du dafür?", willst du wissen.

„Hundert Dollar von jedem", zischt Abdullah.

Fynn tippt sich an die Stirn. „Viel zu viel. Da mache ich nicht mit."

**Wenn du Abdullahs Angebot annimmst,
lies weiter auf Seite**   10

**Wenn du es ablehnst,
lies weiter auf Seite**   11

Du hoffst, Professor Tibi wird es nachher nicht auffallen, wenn du fehlst. Und falls doch, wirst du ihm später etwas von einer Magenverstimmung erzählen.

Du holst das Geld. Mit einem Seufzer gibst du es Abdullah. Hundert Dollar sind viel Geld für dich. Hoffentlich hast du es gut angelegt, aber die Aussicht, einen unbekannten Gang zu sehen, elektrisiert dich förmlich.

„Hier entlang", sagt Abdullah und schleust dich aus der Zeltstadt. Über einen schmalen Pfad gelangt ihr zur Pyramide.

Zwei Wachleute entdecken euch. Sie tragen Schusswaffen und fragen, wohin ihr wollt. Abdullah spricht ein paar Worte mit ihnen. Ein Geldschein wechselt den Besitzer. Dann dürft ihr vorbei.

Kurz darauf steht ihr vor einer winzigen Tür in einem der Steinquader der Pyramide.

„Da geht's rein", sagt Abdullah. Er selbst macht jedoch keine Anstalten, den Gang zu betreten. „Das ist der geheime Zugang zur Pyramide. Sehr alt, herrliche Malereien an den Wänden, ganz toll!"

Du schaust hinein. Es ist stockfinster.

„Du kannst eine Taschenlampe haben, aber ich komme nicht mit", sagt Abdullah.

Wenn du den Gang trotzdem betrittst, lies weiter auf Seite **12**

Wenn du lieber umkehrst, lies weiter auf Seite **13**

Ihr lasst euch nicht abzocken und geht lieber ins große Zelt, wo ihr schon von Professor Tibi und seinem Assistenten Dr. Tucker erwartet werdet. Zunächst erzählt Tibi euch eine Menge über das alte Ägypten, seine berühmten Pharaonen wie Ramses oder Tutanchamun oder über die zahlreichen Götter der Ägypter. Anubis, Osiris, Horus, Hathor, Re, Amun, Mut oder Maat. Du kennst die Namen alle.

Nach einer Stunde ist Professor Tibi mit dem Einführungsvortrag fertig. Endlich führt er euch zu einem abgesteckten Bereich ganz in der Nähe der Zelte. Hier liegt eine Ausgrabungsstätte! Unter der sachkundigen Anleitung von Tibi und Tucker dürft ihr den Sand sieben und den Profis über die Schulter schauen, wie sie Mauerreste freilegen. Das findest du sehr interessant.

Noch spannender findest du es allerdings, dass in deinem Rüttelsieb plötzlich etwas glitzert. Ein Schmuckstück? Schwer zu sagen. Du schaust dich um. Niemand beobachtet dich. Du könntest mit deinem Taschenmesser Sand und Dreck wegkratzen, um herauszufinden, was es wirklich ist. Aber vielleicht beschädigst du deinen Fund mit dem Messer? Vielleicht ist es aber auch nur wertloser Plunder? Wenn du den anderen fälschlicherweise einen tollen Fund präsentierst, werden sie dich alle auslachen.

Wenn du deinen Fund schnell mit dem Messer säuberst, lies weiter auf Seite **14**

Wenn du deinen Fund lieber Professor Tibi zeigst, lies weiter auf Seite **15**

Du leihst dir die Taschenlampe und marschierst los. Der Gang führt bergauf und wird immer schmaler. Die Luft ist stickig. Keuchend bleibst du stehen. Was kann das nur für ein Gang sein? Es gibt keine Malereien, wie du enttäuscht feststellst. Hat dich Abdullah in einen unbedeutenden Belüftungsschacht geschickt? Du hast keine Ahnung. Also gehst du erst einmal weiter. Der Weg wird noch schmaler und niedriger. Schließlich musst du auf allen vieren weiter. Plötzlich hörst du ein unheimliches Heulen. Entsetzt bleibst du, wo du bist, und lauschst. Ist das nur der Wind oder etwas anderes …?

**Wenn du weiterkrabbelst,
lies weiter auf Seite**   **16**

**Wenn du umdrehst,
lies weiter auf Seite**   **18**

Es macht dich stutzig, dass Abdullah nicht mitkommt. Garantiert ist das nur die übliche Touristen-Abzocke. Und wer fällt drauf rein – natürlich du! Du bist stinksauer, lässt dir aber nichts anmerken.

„Toll", sagst du nur, lässt Abdullah einfach stehen und läufst zum Camp zurück.

Dort sind alle ausgeflogen. Mit einem Bus sind sie ins Tal der Könige gefahren.

So ein Mist! Jetzt hockst du hier allein rum.

Ziellos streunst du durchs Camp. Du triffst einen Jungen, der eine Herde Ziegen vor sich hertreibt. Ihr kommt ins Gespräch.

„Wenn dir langweilig ist, dann geh doch auf den Basar. Da ist immer was los", schlägt der Hirte vor, bevor er weiterzieht.

Der Basar? Du bist unschlüssig. Da herrscht bestimmt viel Geschrei und Gedränge, aber vielleicht könntest du dort ein hübsches Souvenir kaufen.

**Wenn du auf den Basar gehst,
lies weiter auf Seite**   **19**

**Wenn du im Camp bleibst,
lies weiter auf Seite**   **20**

Du versteckst dich hinter einer Palme. Hier kann dich niemand sehen. Nun säuberst du deinen Fund ganz, ganz vorsichtig mit dem Taschenmesser. Deine Augen werden immer größer. Es sieht so aus, als hättest du ein uraltes Ankh-Kreuz aus purem Gold gefunden! Diese Kreuze symbolisierten bei den alten Ägyptern ewiges Leben und galten daher als Talisman. Das weißt du aus deinen schlauen Büchern. Deshalb weißt du auch, dass du da etwas sehr Wertvolles in den Händen hältst. Der Schweiß bricht dir aus allen Poren und daran ist nicht nur die Hitze schuld. Eigentlich müsstest du zu Professor Tibi laufen und ihm den Fund melden … Aber was wird dann passieren? Der Professor wird deinen Fund an ein ägyptisches Museum weitergeben. Für dich wäre er damit für immer verloren.

**Wenn du das Kreuz behältst,
lies weiter auf Seite** **21**

**Wenn du es dem Professor zeigst,
lies weiter auf Seite** **22**

Du kannst Professor Tibi nirgends finden.

„Er hat vorhin einen wichtigen Anruf bekommen und musste schnell ins Büro", sagt sein Assistent Tucker. Dann mustert er dich und grinst überheblich. „Was gibt es denn? Gehörst du auch zu denjenigen, die jeden alten Stein für ein ägyptisches Schmuckstück halten?"

Du wirst sauer. Warum quatscht der dich so blöd an? Doch du lässt dir nichts anmerken.

Wenn du dem Assistenten Tucker deinen Fund zeigst, lies weiter auf Seite **24**

Wenn du ihm den Fund nicht gibst, lies weiter auf Seite **25**

Du reißt dich zusammen. Mit der Taschenlampe zwischen den Zähnen krabbelst du weiter. Dabei hoffst du, dass es sich lohnt. Wieder führt der Schacht ein Stück bergauf. Dein Atem geht stoßweise. Und da passiert es: Dir fällt die Taschenlampe runter. Ein hässliches, metallisches Geräusch, dann ist es dunkel. Du bist allein in einer finsteren Pyramide, eingeschlossen in einem schmalen Gang. Dein Herz hämmert wie wild.

Jetzt ist das Heulen wieder zu hören – noch lauter als vorhin. Verzweifelt schließt du die Augen und versuchst, nicht durchzudrehen. Als du die Augen wieder aufmachst, siehst du weit vor dir einen schwachen Lichtschein.

**Wenn du darauf zurobbst,
lies weiter auf Seite** 26

**Wenn du umdrehst,
lies weiter auf Seite** 27

Kurz darauf bist du wieder am Eingang.

„Na, war doch toll", begrüßt dich Abdullah.

„Oh ja, ganz toll", gibst du höhnisch zurück. „Das war ja nur ein langweiliger, dunkler Gang."

Abdullah hebt die Schultern und lacht dich mit entwaffnender Freundlichkeit an. Aber dir ist nicht zum Lachen zumute.

„Du hast mich übers Ohr gehauen. Gib mir meine 100 Dollar zurück", verlangst du.

Doch Abdullah lehnt ab.

„Gut, dann gehe ich eben zur Polizei", drohst du.

Das Lächeln verschwindet aus Abdullahs Gesicht.

„Das wirst du nicht", sagt er hart.

„Natürlich werde ich das", erwiderst du cool.

Da stößt Abdullah einen Pfiff aus. Wie aus dem Nichts tauchen drei weitere Männer auf und umringen dich.

„Unser Gast macht Zicken", erklärt Abdullah. „Er meint, ich hätte ihn betrogen. Das finde ich nicht sehr witzig. Also wird unser Gast so freundlich sein, uns seine Wertsachen auszuhändigen."

Wenn du den Typen widerstandslos deine Wertsachen gibst, lies weiter auf Seite **28**

Wenn du dich weigerst, lies weiter auf Seite **30**

Auf dem Basar herrscht ein buntes Treiben – so hast du es dir vorgestellt. Es werden Gewürze, Teppiche, Parfüms, T-Shirts, Schmuck, Spielzeug, aber vor allem Souvenirs angeboten. Es gibt nachgebildete Pyramiden in allen möglichen Größen, manche sogar mit Beleuchtung.

„He, willst du was ganz Besonderes?", fragt dich eine Stimme von hinten.

Du drehst dich um. Hinter dir steht ein auffallend hübsches Mädchen. Sie schenkt dir ein freundliches Lächeln.

„Ich habe etwas, was du noch nie gesehen hast", verspricht sie dir und deutet auf einen Lederbeutel an ihrem Gürtel.

Das ist bestimmt nur ein Trick, denkst du.

„Na, was ist? Willst du es sehen?", fragt das Mädchen leise.

Wenn du es dir ansiehst, lies weiter auf Seite **31**

Wenn du ablehnst, lies weiter auf Seite **32**

Nach zwei Stunden allein im Camp wird es dir zu langweilig. Warum schaust du dir die Pyramide nicht auf eigene Faust an? Gesagt – getan!

Du läufst zur Pyramide und schließt dich einer Besuchergruppe an, die an einer Führung teilnimmt.

Euer Führer erzählt euch zunächst eine Menge über das wunderbare Bauwerk, das Pharao Cheops, der zweite König der IV. Dynastie, errichten ließ. Dann begleitet er euch in die Pyramide.

Langsam steigt ihr eine Treppe hinauf. Euer Ziel ist die Königskammer. Du gehst als Letzter. Kurz vor der Königskammer zweigt ein Schacht ab.

„Das ist nur ein Belüftungsschacht", sagt euer Führer und geht weiter.

Du wirfst einen Blick hinein – und hältst inne. Hast du da nicht eine Stimme gehört? Während sich die Gruppe entfernt, spitzt du die Ohren. Wieder vernimmst du einen leisen Ruf in einer fremden Sprache.

Wenn du dem Ruf folgst, lies weiter auf Seite   **33**

Wenn du zum Pharaonen-Grab gehst, lies weiter auf Seite   **34**

Es ist dein Fund! Dieses kleine Ding wird dich reich und berühmt machen. Schnell lässt du das Kreuz in deiner Hosentasche verschwinden. Dann gehst du zur Ausgrabungsstätte zurück und machst weiter, als sei nichts passiert.

Während du arbeitest, planst du deine nächsten Schritte. Nach einigem Grübeln siehst du zwei Möglichkeiten: Du versuchst, das Kreuz in deine Heimat zu schmuggeln, um es dort der Presse vorzustellen. Dann wärst du bestimmt mit einem Mal berühmt.

Möglichkeit Nummer zwei: Du versuchst, das Ankh-Kreuz hier in Ägypten zu verkaufen. Dadurch würdest du eventuellem Ärger am Zoll aus dem Weg gehen und hättest sofort einen Haufen Geld in der Hand.

Wenn du das Kreuz außer Landes schmuggeln willst, lies weiter auf Seite **35**

Wenn du das Kreuz in Ägypten verkaufen willst, lies weiter auf Seite **36**

Professor Tibi ist ganz aus dem Häuschen.

„Das ist sensationell, einfach unglaublich!", jubelt er. Sofort informiert er das Kulturministerium und die Presse.

Nur zwei Stunden später sind die ersten Medienvertreter da. Professor Tibi und du werdet mehrfach interviewt. Sogar das Fernsehen ist vor Ort. Du bist natürlich mächtig stolz.

Am Abend organisiert Professor Tibi ein spontanes Fest. Alle Camp-Bewohner feiern ausgelassen deinen Fund. Die Stimmung ist bestens.

Um Mitternacht ertönt ein aufgeregter Schrei: „Feuer!" Der Eingang zu dem Zelt, in dem Tibi das Ankh-Kreuz, seine Karten und andere wichtigen Unterlagen aufbewahrt, steht in Flammen.

„Oh nein, ohne diese Karten sind unsere Ausgrabungen womöglich zum Scheitern verurteilt!", jammert der Professor. „Und das Kreuz ist auch verloren!"

Schon rennst du zum Zelt. Wenigstens das Kreuz willst du retten.

„Halt!", ruft Tibi. „Im Zelt sind Propangas-Flaschen. Sie können jeden Moment hochgehen!"

**Wenn du trotzdem ins Zelt rennst,
lies weiter auf Seite** 37

**Wenn du lieber bei den anderen bleibst,
lies weiter auf Seite** 38

Du ziehst deinen Fund hervor und hältst ihn Tucker unter die Nase. Er zieht seine Brille aus der Brusttasche und setzt sie umständlich auf. Dann untersucht er deinen Fund eingehend.

„Hab ich mir doch gedacht. Das ist nur Plunder", sagt er schließlich. „Blech mit ein bisschen Dreck."

Frustriert schaust du zu Boden. „Sind Sie ganz sicher?", fragst du leise.

Tucker nickt. „Absolut. Du hast eben Pech gehabt, Sportsfreund." Dann steckt er deinen Fund ein. Das passt dir nicht. „Könnte ich das Kreuz bitte wiederhaben?", fragst du.

„Nein", erwidert Tucker. Lachend lässt er dich stehen. Was für eine Pleite!

Aber etwas macht dich stutzig. Wieso hat Tucker das Ding mitgenommen, wenn es angeblich nichts wert ist? Plötzlich kommt dir ein böser Verdacht: Ist dein Fund vielleicht doch nicht so unbedeutend?

Kurz darauf beobachtest du, wie Tucker hektisch telefoniert. Du schleichst dich von hinten an ihn heran und kannst ein paar Wortfetzen aufschnappen: „Heute Nacht ... altes Pumpenhaus ..."

Was geht da vor?

Wenn du in der Nacht Tucker nachschleichst, lies weiter auf Seite **40**

Wenn du nichts unternimmst, lies weiter auf Seite **41**

Irgendwie traust du diesem arroganten Typ nicht.

„Es ist nichts weiter", sagst du daher.

Tuckers Lächeln verschwindet aus seinem Gesicht.

„Na toll!", höhnt er. „Ich glaube, da will mir jemand meine Zeit stehlen."

Darauf antwortest du nicht und gehst wieder zu deiner Ausgrabungsstelle.

Eine Stunde später taucht Professor Tibi auf. Sofort zeigst du ihm deinen Fund.

Lies weiter auf Seite _____ **22**

Du kämpfst dich vorwärts. Der Lichtschein wird heller. Gleichzeitig streift dich ein kalter Luftzug. Der wird das Heulen verursacht haben, vermutest du.

Deine Erleichterung mischt sich mit einem unangenehmen Gefühl. Ein Luftzug in der Pyramide? Das kann doch eigentlich nicht sein – oder? Aber es ist so, daran gibt es keinen Zweifel. Irgendetwas stimmt hier nicht, das spürst du. Du willst der Sache auf den Grund gehen.

Der Gang wird breiter. Plötzlich hörst du ein Scharren und Klopfgeräusche. Seltsam – das klingt nach Bauarbeiten, aber auch das kann eigentlich nicht sein.

Plötzlich herrscht Stille. Du wagst dich noch ein wenig weiter und schaust in einen anderen Gang, der von deinem Gang abgeht. Ein Stollen! Und hier wurde gerade noch gearbeitet! Da liegt eine Schaufel, dort ein Bohrhammer, da ein Haufen Schutt. Was geht hier vor? Sind Grabräuber am Werk? Aber das gibt doch keinen Sinn! Diese Pyramide ist doch längst erforscht. Oder gibt es hier einen verborgenen Schatz?

Wenn du in den Stollen vordringst, lies weiter auf Seite 42

Wenn du lieber die Polizei alarmierst, lies weiter auf Seite 43

Gar nicht so leicht, in absoluter Finsternis zu krabbeln. Doch jetzt bist du plötzlich froh, dass der Gang so schmal ist. So kannst du dich immerhin an der Wand entlangtasten. Du kommst gut voran, aber dann lässt das Heulen das Blut in deinen Adern gefrieren. Es gibt keinen Zweifel: Das Heulen ist lauter geworden. Was auch immer es ist, es ist näher gekommen. Voller Angst horchst du in den Gang. Jetzt ist da noch ein Geräusch – wie Schritte, die rasch näher kommen.

Trotz der Dunkelheit beginnst du zu laufen. Du hetzt gebückt durch den Gang. Prompt stolperst du und fällst hin. Hinter dir ist ein grauenvolles Knurren zu hören. Etwas springt dich aus der Dunkelheit an und du weißt, das ist dein

Ende

Pass, Geld, Scheckkarte, Uhr – alles weg. Vor allem um die Uhr ist es sehr schade. Sie ist ein altes Familienerbstück und hat mal deinem Opa gehört. Diese Uhr bedeutet dir sehr viel. Abdullah und seine Männer winken dir noch mal zu, dann fahren sie in einem gelben Pick-up mit offener Ladefläche davon. Du siehst, wie das Auto auf das nahe gelegene Dorf zufährt und dort verschwindet.

Du bist wahnsinnig wütend, denn du hast dich abzocken lassen wie ein dummes Schaf. Was für eine Blamage! Aber das wirst du nicht auf dir sitzen lassen. Du schwörst, diesen Schurken eine Lektion zu erteilen. Du willst deine Sachen unbedingt wiederhaben – vor allem die alte Uhr!

Womit rechnen die Täter am wenigsten?, überlegst du.

Richtig: Sie werden nicht erwarten, dass du so mutig bist, ihnen zu folgen. Doch genau das tust du. Du gehst in das Dorf und machst dich auf die Suche.

Tja, du hast Glück. Der gelbe Pick-up steht vor einer Bar. Durch ein Fenster spähst du hinein. Abdullah sitzt da und trinkt einen Tee. Und er trägt deine Uhr! Von den anderen Straßenräubern fehlt jede Spur.

Nach einer halben Stunde verlässt Abdullah die Bar. Er steigt in den Pick-up und startet den Motor.

Wenn du dich in der Zwischenzeit auf der offenen Ladefläche versteckt hast, lies weiter auf Seite **44**

Wenn du das lieber nicht riskierst, lies weiter auf Seite **45**

„Das kannst du vergessen!", antwortest du Abdullah kühn.

„Wie bitte?" Abdullah schnippt mit den Fingern – und plötzlich haben die Kerle Messer in den Händen. Dir bricht der kalte Schweiß aus. Langsam weichst du zurück, aber das hat keinen Sinn, denn deine Gegner kreisen dich ein.

Da entdeckst du einen Polizisten, der gerade von seinem Motorrad steigt.

„Hilfe!", brüllst du aus Leibeskräften.

Der Polizist wird aufmerksam und stapft auf euch zu. Im selben Augenblick lassen die Räuber ihre Messer verschwinden. Alle, bis auf Abdullah. Er legt den linken Arm um deine Schultern. In seiner rechten Hand liegt nach wie vor das Messer, dessen Spitze auf deine Niere drückt. Aber das Messer ist für den Polizisten nicht zu sehen – denn Abdullah hat ein Sakko über seinen rechten Unterarm gelegt.

„Was ist hier los?", fragt der Polizist, sobald er euch erreicht hat.

„Nichts ist los", sagt Abdullah. „Alles klar. Wir wollten unseren neuen Freund hier nur zu einer kleinen Spritztour einladen."

**Wenn du diese fiese Komödie mitspielst,
lies weiter auf Seite** 46

**Wenn du Alarm schlägst,
lies weiter auf Seite** 47

Das Mädchen lockt dich vom Basar weg. In einer dunklen Gasse öffnet sie den Beutel und zieht ein Schmuckstück in der Form eines Skarabäus hervor. Du weißt, dass ein Skarabäus bei den alten Ägyptern als heilig galt und ein beliebter Glücksbringer war.

„Wie alt ist der Schmuck?", willst du aufgeregt wissen.

Das Mädchen lacht: „Bestimmt schon dreitausend Jahre. Ich sage dir doch, so etwas hast du noch nie gesehen! Willst du den Skarabäus kaufen?"

Du überlegst hin und her. Wie kommt das Mädchen in den Besitz dieses einmaligen Stückes? Ist es vielleicht aus einem Museum gestohlen?

**Wenn du den Skarabäus kaufen willst,
lies weiter auf Seite** 48

**Wenn du den Kauf ablehnst,
lies weiter auf Seite** 50

„Ich kenne diese Tricks", lachst du. „Darauf falle ich nicht herein."

Das Mädchen schaut dich beleidigt an.

„Ich habe wirklich etwas sehr Wertvolles, aber wenn du es nicht sehen willst – bitte sehr!"

„Haha!", lachst du weiter. „Für wie blöd hältst du mich eigentlich? Das wird nur wieder irgend so ein wertloser Plunder sein, den du mir teuer verkaufen willst!"

Das Mädchen hält dir ihre zierliche Faust unter die Nase.

„Hüte deine Zunge, Fremder. Ich will dich nicht betrügen! Was fällt dir ein, mich so zu beleidigen?"

Aber du lachst sie weiter aus.

„Deine Überheblichkeit wird dir noch Leid tun!", schimpft das Mädchen. „Ich verfluche dich, beim Seth!"

„Ich bekomme schon ganz weiche Knie", verhöhnst du sie.

Du weißt, dass Seth in der ägyptischen Mythologie der Gott des Bösen ist. Aber wer glaubt schon an solche Märchen? Du jedenfalls nicht!

Du lässt das Mädchen stehen und gehst zu einem Imbissstand. Dort kaufst du dir ein paar scharf gewürzte Fleischbällchen. Kurz darauf wird dir sehr schlecht. Ist das Essen der Auslöser oder etwa der Fluch des Mädchens?

Auf einem Schild entdeckst du den Namen eines Arztes.

**Wenn du zum Arzt gehst,
lies weiter auf Seite** 51

**Wenn du erst mal abwartest,
lies weiter auf Seite** 52

Schon bist du in dem angeblich unwichtigen Lüftungsschacht. Prima: Niemand hat dich beobachtet. Aber die Rufe kannst du nun nicht mehr hören. Du knipst deine kleine Taschenlampe an und gehst ein paar Meter vorsichtig weiter. Dann stößt du auf eine Tür, die mit seltsamen Zeichen verziert ist. Du siehst genauer hin und erkennst den hundeköpfigen Gott Anubis und gleich daneben ein Bild vom Gott Osiris mit dem Vogelkopf. Plötzlich beginnst du zu frösteln. Anubis und Osiris sind die Götter der Toten, wie du aus deinen Büchern weißt! Behutsam öffnest du die Tür. Eine Treppe führt hinab ins Dunkel.

Wenn du die Treppe hinuntergehst,
lies weiter auf Seite   53

Wenn du lieber umdrehst,
lies weiter auf Seite   54

Ihr steht vor dem Sarkophag von Pharao Cheops. Du bist enttäuscht: Der Sarkophag ist leer.

„Als Forscher dieses Grab im 17. Jahrhundert fanden, waren sie sicher genauso enttäuscht, wie Sie es jetzt vielleicht sind", sagt euer Führer. „Grabräuber haben alles mitgenommen – sogar die Mumie!"

Na ja, wenigstens warst du hier. Gerade als du dem Führer folgen willst, fragt dich ein anderer Tourist, ob du ein Foto von ihm machen könntest.

„Das ist verboten", antwortest du.

„Ach bitte, es geht doch ganz schnell", bettelt der Mann.

Du schaust dich um. Niemand beobachtet euch in diesem Moment. Der Führer ist schon wieder im Gang verschwunden.

„Also gut. Aber nur, wenn Sie auch ein Foto von mir machen", erwiderst du.

„Klar, kein Problem", gibt der andere zurück. Dann gibt er dir seine Kamera, überwindet die Absperrung und stellt sich doch tatsächlich in den Sarkophag! Er grinst breit und reckt den Daumen nach oben.

Du machst das Foto und das Blitzlicht flammt auf. Schon stürzt euer Führer heran. Als er sieht, was ihr da gerade treibt, wird er unheimlich wütend. Er zerrt euch aus der Pyramide und übergibt euch der Polizei. Du musst ein hohes Bußgeld zahlen. Damit ist dein Urlaubsgeld futsch. Und das heißt: Abflug nach Hause!

Ende

Die drei Wochen vergehen wie im Flug. Die ganze Zeit über hast du das Ankh-Kreuz wie deinen Augapfel gehütet. Jetzt ist der Tag der Abreise gekommen. Du verabschiedest dich von Professor Tibi und den anderen. Dann werdet ihr zum Flughafen gebracht. An der Gepäckkontrolle wird es spannend. Du musst dein Handgepäck auf ein Band legen, wo es durchleuchtet wird. Aber du bist ja nicht blöd: Das Kreuz hängt in einem Lederbeutel um deinen Hals. Doch die Flughafenmitarbeiter sind auch nicht doof – sie entdecken deinen Lederbeutel sofort.

„Was ist das da um deinen Hals?", wirst du gefragt. Dir wird siedend heiß.

**Wenn du dich taub stellst
und einfach weitergehst,
lies weiter auf Seite** 55

**Wenn du antwortest,
lies weiter auf Seite** 56

Noch am selben Abend sonderst du dich von der Gruppe ab. Du lässt dich mit dem Taxi in die nahe gelegene Stadt Kairo fahren. Dort gibt es einen gigantischen Basar. Und wo es einen Markt gibt, gibt es sicher auch Leute, die sich für ein Ankh-Kreuz aus purem Gold interessieren, glaubst du.

Unterwegs kommst du mit dem Taxifahrer ins Gespräch. Der Mann kennt sich in Kairo natürlich bestens aus. Das bringt dich auf eine Idee.

„Kennen Sie ein Geschäft, wo man, sagen wir mal, ungewöhnlichen Schmuck verkaufen kann?", fragst du ihn.

Der Fahrer mustert dich scharf im Rückspiegel, dann huscht ein Lächeln über sein Gesicht.

„Du meinst ein Geschäft, wo wenig Fragen gestellt werden?", vergewissert er sich.

„Ja", erwiderst du.

„Klar, so einen Laden kenne ich", sagt der Fahrer. „Er heißt ‚Karat' und liegt in einem verrufenen Viertel. Willst du da wirklich hin?"

Wenn du dich zum „Karat" bringen lässt, lies weiter auf Seite 57

Wenn du lieber zum Basar fährst, lies weiter auf Seite 58

Wie der Blitz rennst du zum Zelt. Dichter Qualm und hohe Flammen schlagen dir entgegen, aber du lässt dich nicht aufhalten. Schon bist du im Zelt. Du versuchst dich zu orientieren. Der Tisch, auf dem Karten lagen, steht lichterloh in Flammen. Da ist nichts mehr zu machen. In einer Ecke stehen die Propangas-Flaschen. Noch ist das Feuer nicht dort … Aber wo ist das Ankh-Kreuz? Dein Blick irrt durch das Zelt. Die Hitze ist unerträglich. Du beginnst zu husten. Deine Augen tränen. Da fällt dein Blick auf eine kleine Schatulle. Bestimmt ist das Ankh-Kreuz da drin! Dummerweise steht die Schatulle gleich neben den Gasflaschen. Solltest du zuerst die Flaschen aus dem Zelt bringen, um die drohende Explosion zu verhindern?

Wenn du dich erst um die Gasflaschen kümmerst, lies weiter auf Seite **59**

Wenn du gleich die Schatulle rettest, lies weiter auf Seite **60**

„Weg hier!", brüllt der Professor und reißt dich mit sich. Ihr sucht hinter einem Auto Deckung. Eine Minute später fliegt das Zelt in die Luft. Vorsichtig wagt ihr euch hinter dem Auto hervor. Von dem Zelt, den Karten und dem schönen Kreuz ist nichts mehr übrig. Du bist sehr traurig. Auch Professor Tibi ist betrübt.

„Die Karten waren sehr wichtig, aber vielleicht kommen wir auch ohne sie zurecht", sagt er.

Wenig später sind Feuerwehr und Polizei da. Zu löschen gibt es nicht mehr viel, aber die Polizei findet etwas anderes heraus.

„Das Feuer wurde absichtlich gelegt. Wir haben Reste eines Brandbeschleunigers gefunden", erklärt der Kommissar. Hinweise auf den Täter können die Beamten jedoch nicht finden. Sie rücken wieder ab.

„Wer tut so etwas?", fragt sich Tibi verzweifelt.

Niemand kann dem Professor diese Frage beantworten. Traurig wollt ihr ins Bett gehen, doch da ruft dein Freund Fynn: „Seht nur, hinter den Palmen steht jemand!"

Du schaust in die angegebene Richtung. Und richtig: Dort schleicht jemand herum! Die Person ist ganz in Weiß gekleidet – es sieht aus, als ob sie mit Binden umwickelt wäre …

„Eine Mumie!", kreischt eine hysterische Stimme.

Die Gestalt flieht.

Wenn du die Mumie verfolgst, lies weiter auf Seite 61

Wenn du im Camp bleibst, lies weiter auf Seite 64

Du lässt Tucker den ganzen Abend nicht aus den Augen. Gegen zehn Uhr zieht er sich in sein Zelt zurück – angeblich, um ins Bett zu gehen. In einem Busch gegenüber dem Zelteingang beziehst du Posten und passt gut auf.

Um halb zwölf ist es so weit: Tucker kommt wieder aus seinem Zelt. Er sieht sich kurz um, dann verschwindet er in der Nacht. Du zögerst keine Sekunde und heftest dich an seine Fersen. Tucker winkt ein Taxi heran und steigt ein. Du folgst seinem Beispiel.

„Wohin?", will der Fahrer wissen.

„Dem anderen Wagen nach", sagst du kurz angebunden.

Die Fahrt führt über eine holprige Piste zum Nil. An einem Brunnen hält Tuckers Taxi. Auch dein Taxi bleibt stehen.

„Licht aus", sagst du zum Fahrer. Der Mann gehorcht und zählt die Scheine, die du ihm in die Hand drückst, bevor du sein Auto verlässt.

Tucker geht eilig in Richtung Nilufer. Du verfolgst ihn vorsichtig. Jetzt erreicht Tucker einen schlammigen Pfad. Tausende von Mücken schwirren um dich herum und machen sich genüsslich über dein Blut her. Der Weg ist stockfinster und du verlierst Tucker aus den Augen.

Plötzlich raschelt neben dir etwas. Du bekommst panische Angst. Hat Tucker bemerkt, dass du hinter ihm her bist? Lauert er dir hier irgendwo auf?

**Wenn du weitergehst,
lies weiter auf Seite** 62

**Wenn du umdrehst,
lies weiter auf Seite** 65

Wahrscheinlich trifft sich Tucker heimlich mit seiner Freundin. Das geht dich nichts an. Also machst du brav deine Arbeit und hörst auf Tucker zu verdächtigen. Dennoch: Die Enttäuschung sitzt tief. Und als Professor Tibi wenig später aufkreuzt, gerätst du doch noch mal ins Grübeln. Tuckers Verhalten war doch wirklich sehr, sehr merkwürdig.

**Wenn du Tibi wegen Tucker ansprichst,
lies weiter auf Seite** **66**

**Wenn du Tibi nichts sagst,
lies weiter auf Seite** **67**

Mit klopfendem Herzen gehst du weiter. Es wird immer dunkler, und du knipst deine Mini-Taschenlampe an, die zum Glück an deinem Schlüsselbund hängt. Die Wände des Stollens verändern sich. Waren sie gerade noch völlig schmucklos, so entdeckst du jetzt wunderbare Zeichnungen. Götterbildnisse reihen sich aneinander. Thot, der Gott der Weisheit und Schreibkunst. Die Himmelsgöttin Hathor, der falkenköpfige Sonnengott Re und Ptah, der Schöpfergott. Das ist doch nicht zu fassen! Wo bist du hier? Das sieht ja fast aus wie der Zugang zu einem Grab!

Plötzlich läuft es dir eiskalt den Rücken hinunter: Bist du etwa auf dem Weg zu einem bislang unentdeckten Pharaonengrab? Kann es sein, dass die Archäologen dieses Grab übersehen haben? Das kannst du dir kaum vorstellen. Du bist wahnsinnig aufgeregt. Doch da kommt dir ein anderer, ein böser Gedanke: Sind hier wirklich Grabräuber am Werk? Und: Wo stecken die Typen? Sind sie vielleicht ganz in deiner Nähe? Haben sie dich schon bemerkt? Du verdrängst deine Furcht und gehst weiter.

Der Gang mündet in einer reich verzierten Kammer. Vor einer Tür stehen zwei Wächterfiguren aus Holz mit Speeren. Liegt hinter dieser Tür das Pharaonengrab? Du zögerst einen Moment, denn du weißt, dass die Gräber oft mit allerlei Fallen geschützt waren …

**Wenn du durch die Tür gehst,
lies weiter auf Seite**   **68**

**Wenn du umdrehst,
lies weiter auf Seite**   **69**

Eine Stunde später sitzt du vor Kommissar Achmadan und erzählst ihm alles. Der Kommissar erhebt sich seufzend von seinem Stuhl.

„Na gut, dann führ uns mal zu der Stelle", sagt er und ruft nach seinem Kollegen. „He, Moussur, komm mit."

Zu dritt erreicht ihr wenig später die Cheops-Pyramide. Du führst die Polizisten zu dem geheimen Stollen. Im Licht der Taschenlampen erreicht ihr die Stelle, wo die Spaten liegen.

„Merkwürdig!", sagt Achmadan. Er leuchtet den Gang aus. Dabei entdeckt er einen weiteren Stollen. Er ist mit wunderschönen Zeichnungen verziert.

„Das sind alles Bildnisse von Göttern", staunt Achmadan atemlos. „Das hier ist Anubis und das Horus! Das scheint der Zugang zu einem Pharaonengrab zu sein! Aber das ist doch unmöglich!"

„Irrtum!", ruft in diesem Moment Moussur. In seiner Hand liegt eine Pistole. „Hier muss es ein unentdecktes Grab geben! Aber ich allein werde es finden und plündern. Gib mit deine Waffe, Achmadan!"

Der andere Polizist tut so, als würde er gehorchen, doch als Moussur nach der zweiten Pistole greift, schlägt Achmadan unvermittelt zu. Moussur taumelt zurück, ein Schuss löst sich, verfehlt aber Achmadan, der sich jetzt auf seinen Gegner wirft. Die Männer stürzen kämpfend zu Boden.

**Wenn du Achmadan hilfst,
lies weiter auf Seite** **70**

**Wenn du lieber Hilfe holst,
lies weiter auf Seite** **71**

Du versteckst dich auf der Ladefläche des gelben Pick-ups. Den Kopf nimmst du runter, machst dich ganz klein. Dann entdeckst du eine Plane, unter der du dich verbergen kannst. Der Wagen fährt los. Abdullah hat dich anscheinend nicht bemerkt. Hervorragend!

Kurz darauf biegt der Wagen in eine Nebenstraße ein. Der Pick-up rumpelt über eine schlechte Piste, dann bremst Abdullah. Du spähst über den Rand der Ladefläche: Abdullah geht in eine schäbige Hütte, die am Nil liegt.

Zehn Minuten später taucht er wieder auf – mit einem groben Sack in der Hand. Schnell krabbelst du weiter unter die Plane. Abdullah lässt den Sack neben dich auf die Ladefläche plumpsen. Der Motor wird gestartet, der Wagen setzt sich wieder in Bewegung. Plötzlich erschrickst du ganz fürchterlich. Der Sack bewegt sich. Es muss etwas Lebendiges drin sein!

**Wenn du den Sack öffnest,
lies weiter auf Seite** 72

**Wenn du den Sack nicht anrührst,
lies weiter auf Seite** 73

In einer Staubwolke braust der Pick-up davon. Tja, das war's dann wohl, fürchtest du. Tschüss, schöne, alte Uhr …

„He, was ist los mit dir?", hörst du eine Stimme rufen.

Du schaust zur Seite und siehst drei junge Ägypter, die dich offenbar beobachtet haben. Du gehst zu ihnen. Die drei sind total nett und laden dich auf eine Cola ein. Du fasst Vertrauen zu ihnen und erzählst ihnen, was dir gerade passiert ist.

„Oh ja, dieser Abdullah ist ein fieser Typ, der hat schon eine ganze Menge Leute betrogen", sagt einer der jungen Leute.

„Aber wenn ihr das wisst, müsst ihr doch etwas gegen ihn unternehmen!", verlangst du.

„Zu gefährlich!", sagen deine neuen Freunde. „Alle haben Angst vor Abdullah und seinen Schlägern."

Das will dir nicht in den Kopf. Gemeinsam müsste man doch etwas machen können!

**Wenn du mit deinen neuen Freunden
etwas gegen Abdullah unternehmen willst,
lies weiter auf Seite** **74**

**Wenn du auch Angst hast vor Abdullah,
lies weiter auf Seite** **75**

„Dachte nur, ich hätte gerade einen Hilferuf gehört", sagt der Polizist.

Abdullah lächelt sanft. „Da müssen Sie sich geirrt haben, nicht wahr?" Er drückt dir das Messer etwas fester gegen die Niere, und du nickst heftig.

„Na, dann ist ja alles klar", sagt der Polizist und geht.

„Das war knapp", knurrt Abdullah, nachdem der Polizist außer Hörweite ist. Dann wendet er sich an dich. „Und jetzt wirst du alles rausrücken, verdammt noch mal!"

Notgedrungen gibst du den Tätern jetzt alles, was du besitzt. Lachend machen sich die Diebe aus dem Staub und lassen dich allein zurück. Kein Geld, keine Papiere – du hast nichts mehr. Und du weißt: Für deinen Entdecker-Urlaub bedeutet dies das

Ende

„Von wegen!", rufst du. „Die wollen mich ausrauben!"

„Er redet Unsinn, weil er einen kleinen Sonnenstich hat", sagt Abdullah. Er drückt das Messer fester gegen deine Niere. Ein heftiger Schmerz durchzuckt dich. Jetzt reicht es dir. Mit einer blitzschnellen Drehung windest du dich aus Abdullahs Griff. Das Sakko fällt zu Boden – und das Messer in der Hand des Täters ist gut zu sehen.

Der Polizist greift zu seiner Pistole.

„Lass das Messer fallen!", herrscht er Abdullah an.

Widerstrebend gehorcht der Räuber. Dann nimmt ihn der Polizist fest. Auch die anderen Männer werden verhaftet. Der Polizist klopft dir auf die Schulter.

„Gut gemacht", lobt er dich.

Später stellt sich heraus, dass Abdullah und seine Leute für eine ganze Reihe von Überfällen an der Pyramide verantwortlich sind. Du hast ihnen das Handwerk gelegt und wirst als Held gefeiert.

Ende

„Okay", sagst du mit belegter Stimme. „Was willst du dafür haben?"

Das Mädchen sieht sich um. „Fünfhundert Dollar", zischt sie.

Fünfhundert? Das ist eine Menge Geld, aber ein Spottpreis für einen wertvollen Skarabäus! Das vermutest du jedenfalls. „Woher hast du den Schmuck?", fragst du.

Das Mädchen wird noch nervöser und schüttelt den Kopf.

„Das spielt keine Rolle! Willst du den Skarabäus nun kaufen oder nicht?"

Du willigst ein. „Ich muss aber zur Bank, um Geld zu holen."

Das Mädchen führt dich zur nächsten Bank. Ihr wickelt euer Geschäft ab. Danach hat es die Schönheit sehr eilig, zu verschwinden.

Und du? Du willst mit deinem Kauf zum Camp zurück, um dort in Ruhe die nächsten Schritte zu planen.

Auf dem Weg dorthin hast du plötzlich das Gefühl, dass dich jemand verfolgt. Ein Mann mit einem auffallend schmalen Gesicht läuft dir die ganze Zeit nach. Dir wird unendlich heiß. Was will dieser Typ? Immer wieder schaust du über die Schulter. Aber der Kerl bleibt an dir dran. Du gelangst an eine sehr befahrene Schnellstraße. Es gibt eine Holzbrücke für Fußgänger. Wenn du über die Straße rennst, könntest du den Verfolger vielleicht abschütteln.

Wenn du die Brücke nimmst, lies weiter auf Seite **76**

Wenn du über die Straße flitzt, lies weiter auf Seite **77**

Du fragst, woher das schöne Stück kommt.

„Das darf ich dir nicht sagen", antwortet das Mädchen. Sie wirkt sehr nervös.

„Hast du es gestohlen?", hakst du nach.

„Nein, nein!", ruft das Mädchen entsetzt. Sie will weglaufen, aber du hältst sie fest.

„Woher stammt der Skarabäus?", fragst du noch einmal.

Das Mädchen schlägt die Augen nieder.

„Ja, er wurde gestohlen", gesteht sie. „Aber nicht von mir. Ich muss die Sachen nur verkaufen, verstehst du?"

„Nein", erwiderst du, aber irgendwie tut dir das Mädchen Leid. „Zwingt dich jemand dazu?"

Das Mädchen nickt. Sie hat Tränen in den Augen.

„Mein Vater hat hohe Wettschulden. Und jetzt zwingt eine Bande unsere Familie, das Geld wieder aufzutreiben – egal, wie!"

„Eigentlich sollte man der Bande das Handwerk legen", murmelst du.

„Bloß nicht!", warnt sie. „Und jetzt lass mich bitte gehen!"

**Wenn du das Mädchen gehen lässt,
lies weiter auf Seite**   **78**

**Wenn du dich mit der Bande anlegst,
lies weiter auf Seite**   **79**

Du schleppst dich in die kleine Praxis. Der freundliche Arzt untersucht dich umgehend.

„Du musst in ein Krankenhaus", sagt er mit ernster Miene. „Es könnte sein, dass du eine Lebensmittelvergiftung hast!"

Krankenhaus? Das darf doch nicht wahr sein, denkst du schwach. Andererseits sind die Bauchkrämpfe wirklich übel. Kurz darauf wirst du mit einem Krankenwagen in die Klinik gebracht. Du wirst noch einmal untersucht. Dann pumpt man dir den Magen aus. Anschließend musst du noch ein paar Tage in der Klinik bleiben. Jetzt hast du jede Menge Zeit zum Nachdenken: Lag es wirklich an den Fleischbällchen – oder war es vielleicht doch Seths Fluch? Dieses Geheimnis wirst du wohl nie lüften können. Aber eines nimmst du dir ganz fest vor: Du wirst nie wieder so überheblich sein, wenn dir jemand etwas anbietet.

Ende

Wird bestimmt gleich wieder besser werden, denkst du. Irrtum. Plötzlich wird dir auch noch schwindelig. Alles um dich herum dreht sich. Deine Beine gehorchen dir nicht mehr. Kurz darauf klappst du zusammen. Menschen umringen dich. Jemand ruft nach einem Arzt. Dann taucht ein sehr hübsches Gesicht über dir auf. Es ist das Mädchen, das dir vorhin etwas zeigen wollte.

„Ich helfe dir", sagt sie zu deiner Überraschung. Schon greift sie dir unter die Arme und hilft dir beim Aufstehen. Auf wackligen Beinen lässt du dich in den Schatten bringen. Sie gibt dir etwas Wasser zu trinken. Dann bringt sie dich zu einem kleinen Haus.

„Hier wohnt mein Vater", sagt sie. „Er kennt sich gut mit Kräutern aus."

„Warum tust du das?", fragst du schwach. Dir geht es immer noch sehr schlecht. „Und wie heißt du?"

Das Mädchen lächelt: „Ich bin Chadra. Man muss helfen, wenn man gebraucht wird."

Du schämst dich sehr für deine Arroganz. Nun taucht Chadras Vater auf. Er untersucht dich kurz.

„Mmh", sagt er. „Ich kann versuchen, dich wieder hinzukriegen. Ich habe da eine spezielle Kräutermischung."

Lies weiter auf Seite 82

Die Stufen sind steil und rutschig. Nicht nur einmal gerätst du ins Straucheln. Aber die Neugier treibt dich weiter. Dann gelangst du in einen Saal, der von Fackeln erhellt wird. Du bekommst unglaubliche Angst: Wer hat diese Fackeln entzündet? Wer oder was lebt hier unten?

Ein Geräusch lässt dich zusammenzucken. Dein Blick fällt auf ein schwarzes Tor. Rechts und links davon wachen zwei große Holzfiguren mit Speeren. Das Herz schlägt dir bis zum Hals. Die Figuren haben menschliche Körper, aber die Köpfe von schwarzen Hunden. Anubis-Figuren … Was geht hier vor? Jetzt hat sich die eine Figur ein bisschen bewegt!

Oh, mein Gott!, denkst du. Das sind gar keine Statuen – die leben!

**Wenn du auf die Anubis-Figuren zugehst,
lies weiter auf Seite**　　　　　**80**

**Wenn du wegrennst,
lies weiter auf Seite**　　　　　**83**

Zügig gehst du zurück. Aber was ist das? Der Schacht nimmt kein Ende! Eigentlich hättest du längst wieder auf die Touristengruppe stoßen müssen! Panik beschleicht dich. Du beschleunigst deine Schritte. Dann stehst du vor einer Wand. Eine Sackgasse! Das ist doch unmöglich! Du leuchtest deine Umgebung ab.

Die Wahrheit ist bitter: Du musst umkehren und machst dich auf den Weg. Notfalls wirst du eben durch die Tür gehen, auf der die Götter Osiris und Anubis abgebildet waren. Doch auch diese Tür findest du nicht mehr. Langsam dämmert es dir: Du bist offenbar in einem Labyrinth gefangen!

Stundenlang irrst du umher, ohne einen Ausweg zu finden. Die Batterie deiner Taschenlampe wird immer schwächer. Großer Durst quält dich.

Irgendwann erreichst du eine Halle. Ganz oben an der Decke schimmert Licht.

Ist das etwa Tageslicht?, überlegst du. Aber wie soll ich dort hinkommen?

Da entdeckst du an der Wand ein paar Mauersteine, die ein wenig hervorstehen. Mit viel Glück und Geschick könntest du vielleicht an der Mauer hoch in Richtung Licht klettern.

**Wenn du den Aufstieg wagst,
lies weiter auf Seite**   **84**

**Wenn du lieber auf dem Boden bleibst,
lies weiter auf Seite**   **85**

Du lächelst freundlich und gehst einfach weiter. Toller Plan – nur leider funktioniert er nicht.

„He, du da, bleib stehen!", ruft dir jemand nach.

Du gehst weiter, bis sich eine kräftige Hand auf deine Schulter legt. Du drehst dich um und siehst in das nicht besonders freundliche Gesicht eines Zollbeamten. Er deutet auf den Lederbeutel, der an einem Kettchen um deinen Hals hängt.

„Herzeigen!", befiehlt der Beamte.

Widerstrebend gibst du dem Beamten das Kettchen und den Lederbeutel. Der Zollbeamte öffnet den Beutel und hält das Ankh-Kreuz in den Händen. Er sieht dich erstaunt an, dann schiebt er dich in sein Büro.

„Setz dich da hin!", sagt er, deutet auf einen Stuhl und greift zum Telefon. Du hörst, wie er mit einem Vorgesetzten spricht. Immer wieder fallen die Worte „Gefängnis" und „Untersuchungshaft". Dir wird ganz schwindelig. Dein Blick fällt auf die Tür – sie steht offen. Der Beamte ist gerade durch sein Telefongespräch abgelenkt.

Wenn du zu fliehen versuchst, lies weiter auf Seite   **86**

Wenn du trotz der Fluchtmöglichkeit im Büro bleibst, lies weiter auf Seite   **87**

„Oh, das ist nichts Besonderes", sagst du freundlich. „Nur ein Medikament. Ich bin Allergiker und muss das Medikament immer bei mir haben."

Misstrauische Blicke durchbohren dich. Schweiß steht auf deiner Stirn. Aber man winkt dich durch.

Wenig später sitzt du tatsächlich im Flugzeug. Während der Rückreise schmiedest du Pläne, was du mit deinem wunderschönen Kreuz machen willst. Du schwankst zwischen zwei Möglichkeiten. Entweder gehst du zu einem bekannten Fernsehsender und lässt dich als großen Archäologen feiern. Oder du versuchst das Kreuz zu verkaufen.

Wenn du im Fernsehen auftreten willst, lies weiter auf Seite **88**

Wenn du einen Käufer suchst, lies weiter auf Seite **89**

Das „Karat" ist ein unauffälliger Schuppen in einem heruntergekommenen Stadtviertel. Du steigst aus und willst den Laden betreten, aber die Tür ist verschlossen. Du klopfst, während es der Taxifahrer sehr eilig hat, die Gegend wieder zu verlassen.

Zunächst passiert gar nichts. Du befürchtest schon, dass niemand da ist. Dann öffnet sich die Tür und ein kleiner, vornüber gebeugter Mann erscheint.

„Was willst du?", fragt der Alte unwirsch.

Du wirfst einen Blick über die Schulter, ziehst das goldene Ankh-Kreuz hervor und zeigst es dem Mann.

„Okay, komm rein", sagt der Mann und schiebt dich in einen Raum, der von einer nackten Glühbirne beleuchtet wird. Neben dem Gerümpel stehen ein paar Antiquitäten.

„Gib her!", herrscht dich der Mann an und streckt die Hand aus.

Zögernd gibst du ihm das Kreuz und versuchst cool zu wirken. Der Mann kramt eine Lupe hervor und untersucht deinen Fund.

„Wunderschöne Arbeit", sagt er schließlich.

„Ich weiß", erwiderst du trocken. „Was ist sie Ihnen wert?"

Der Mann lächelt listig. Plötzlich liegt ein schwerer Revolver in seinen faltigen Händen.

„Geschenke nehme ich immer!", sagt er. „Und jetzt hau ab!"

Das darf doch nicht wahr sein!, denkst du.

Der Alte dirigiert dich mit der Waffe aus seinem Laden. Enttäuscht läufst du zum Camp zurück. Tja, dein erster Versuch als Krimineller ging daneben …

Ende

„Bringen Sie mich lieber zu einem Basar", bittest du den Taxifahrer.

Zehn Minuten später seid ihr da. Du lässt dich über den Markt treiben und hältst dabei Ausschau nach einem möglichen Abnehmer für das goldene Kreuz, das in einem Lederbeutel um deinen Hals baumelt.

Dir fällt eine ältere Dame auf. Ganz offensichtlich ist sie eine sehr reiche Touristin, wie du an ihrer Kleidung zu erkennen glaubst. Gerade schaut sie sich die Auslage eines Schmuckladens an. Diese Dame wird sich garantiert für dein Ankh-Kreuz interessieren, da bist du dir sicher. Du sprichst sie an.

„Oh ja!", ruft die Frau, nachdem sie das Kreuz gesehen hat. „Ich gebe dir dafür fünftausend Dollar."

Fünftausend? Wahnsinn! Zu deiner Überraschung hat die Frau so viel Bargeld bei sich. Ihr sucht euch ein Café, wo ihr ungestört seid. Dort gibt dir die Dame den Betrag, steckt das Kreuz ein und verschwindet. Du lässt dir noch eine große Portion Eis schmecken und fühlst dich einfach wunderbar.

Doch als du knapp drei Wochen später wieder zu Hause bist, folgt die Ernüchterung. Als du die Dollars auf dein Konto einzahlen willst, erlebst du eine böse Überraschung: Die Scheine sind gefälscht – du bist einer Betrügerin aufgesessen!

Ende

Du zerrst und ziehst die Flaschen aus dem Zelt. Gerade noch rechtzeitig: Denn hinter dir bricht das Zelt in einem Funkenregen zusammen.

„Schade um das Ankh-Kreuz!", sagst du mit Tränen in den Augen.

Professor Tibi legt dir seine Hand auf die Schulter.

„Ja, dieser Verlust ist hart. Aber du hast mit deinem mutigen Einsatz womöglich eine größere Katastrophe verhindert und Menschenleben gerettet. Und das ist doch viel mehr wert als das Ankh-Kreuz."

So hast du das noch gar nicht gesehen. Und als alle dir gratulieren und dich als Held feiern, bist du gar nicht mehr so schlecht drauf!

Ende

Das Kreuz muss vor den Flammen gerettet werden! Mit Todesverachtung gehst zu der Schatulle, machst sie auf. Ein kurzer Blick genügt: Da ist das Ankh-Kreuz. Du klemmst dir die Schatulle unter den Arm und rennst zum Zeltausgang … Plötzlich fliegt hinter dir alles in die Luft. Du wirst nach vorn geschleudert. Um dich herum wird es dunkel.

Am nächsten Morgen wachst du in einem Krankenhaus auf. Dir tun alle Knochen weh, dein linker Arm ist verbunden. Ein freundlicher Arzt taucht auf.

„Du hattest großes Glück! Bei der Explosion hast du nur leichte Brandverletzungen erlitten. Übrigens ist Besuch für dich da."

Professor Tibi und ein paar Freunde aus dem Camp drängen durch die Tür. Sie fragen, wie es dir geht. Dann zieht Professor Tibi eine Schachtel aus der Tasche.

„Sieh mal", sagt er zu dir, während er die Schachtel öffnet. „Hier ist das Ankh-Kreuz. Du hast es aus den Flammen gerettet!"

In diesem Moment sind alle Schmerzen vergessen. Du bist überglücklich, dass das wertvolle Stück nicht verloren ist.

Ende

Eine echte Mumie? So ein Quatsch!, denkst du dir. Diesen komischen Vogel werde ich mir schnappen!

Schon rennst du los. Rasch erreichst du die Palme, hinter der sich die angebliche Mumie versteckt hatte. Jetzt ist sie verschwunden. Du schaust dich um und siehst die Mumie davonlaufen. Sie rennt auf ein dunkles Gebäude mit zersprungenen Fensterscheiben zu und verschwindet darin. Sekunden später bist du ebenfalls dort. Die Mumie muss in dem verfallenen Haus sein.

Wenn du in das verfallene Haus gehst, lies weiter auf Seite **90**

Wenn du nicht hineingehst, lies weiter auf Seite **92**

Du reißt dich zusammen und gehst weiter. Schließlich bist du kein Angsthase.

Jetzt ist Tucker im alten Pumpenhaus verschwunden. Auf Zehenspitzen betrittst du das Gebäude. Mondlicht fällt durch ein Fenster. Wo ist Tucker? Du bleibst stehen, sperrst Augen und Ohren auf. Stille …

Plötzlich knattert ein Motor! Dir bleibt das Herz stehen. Du brauchst eine halbe Minute, um wieder klar denken zu können. Woher kam das Geräusch? Jetzt kannst du es orten! Es kommt vom Fenster! Du pirschst dorthin, spähst hinaus. Ein schlankes Schiff liegt am Steg. Gerade geht ein Mann an Bord. Ist es Tucker? Bestimmt. Was jetzt?

**Wenn du versuchst,
ebenfalls an Bord zu gehen,
lies weiter auf Seite** 95

**Wenn du im Pumpenhaus bleibst,
lies weiter auf Seite** 96

Am nächsten Morgen gibt es nur noch ein Thema: die Mumie.

„Eine Legende besagt, dass …", erklärt Tucker beim Frühstück. „… Grabräuber vor einigen tausend Jahren nicht nur das Grab von Pharao Cheops geplündert, sondern auch seine Mumie gestohlen haben …"

„Was wollen Sie damit sagen?", fragst du nach.

Tucker runzelt die Stirn. „Es gibt viele Einheimische, die behaupten, dass der Pharao nie Ruhe gefunden habe und dass er als Geist herumirre und jeden angreife, der es erneut wagt, seine Schätze zu durchsuchen."

Nachdenklich nickst du. „Sie meinen damit unsere Ausgrabungen, nicht wahr?"

„Genau das", antwortet Tucker.

Du schweigst. Das kann doch nicht sein! Eine Mumie, die Auto fährt!

„Wir sollten die Arbeiten beenden, bevor noch mehr passiert!", schlägt Tucker vor. „Ich habe Angst um mein Leben!"

Einige stimmen ihm zu. Andere, wie Professor Tibi, sind dagegen.

**Wenn du für Tucker Partei ergreifst,
lies weiter auf Seite**　　**93**

**Wenn du dich der Meinung von Professor Tibi
anschließt, lies weiter auf Seite**　　**94**

Du machst dich auf den Rückweg. Dabei fällt dir ein, dass es nicht besonders clever war, den Taxifahrer wegzuschicken. Wie sollst du jetzt zum Camp zurückkommen?

Plötzlich hörst du Tuckers Stimme! Du lauschst noch mal genau. Doch – das muss Tucker sein! Demnach hast du dich geirrt: Tucker ist gar nicht in das Pumpenhaus gelaufen. Aber was macht er hier? Dem willst du auf den Grund gehen.

Du wendest dich in die Richtung, aus der die Stimme kam. Ganz leise schleichst du vorwärts. Ein Lachen ist zu hören.

Du versteckst dich hinter einer Palme und spähst hervor – und da ist ja auch schon dein alter Freund Tucker! Aber er ist nicht allein! Er redet mir einer Frau, die ganz offensichtlich seine Freundin ist. Da willst du natürlich nicht stören und ziehst dich zurück. Dummerweise trittst du auf einen trockenen Ast. Das klingt wie ein Schuss. Prompt erwischt dich Tucker. Er ist stinksauer und stellt dir eine Menge Fragen. Mann, das ist peinlich! Dann verabschiedet er sich von seiner Freundin und bringt dich nach Hause.

Ende

Du berichtest dem Professor haarklein, was sich zugetragen hat. Tibi beordert seinen Assistenten tags darauf zu sich und stellt ihn zur Rede.

Tucker lacht dröhnend.

„So ein Blödsinn!", höhnt er. „Ich habe nichts genommen!" Das darf doch nicht wahr sein!, denkst du. Der Kerl lügt wie gedruckt!

„Tja", stellt Professor Tibi schlecht gelaunt fest. „Jetzt steht Aussage gegen Aussage. Geht wieder an die Arbeit!"

Du bist enttäuscht und blamiert, aber so schnell gibst du nicht auf. Du brauchst nur einen Beweis ... Wenn du dein Ankh-Kreuz bei Tucker findest, kannst du ihn überführen!

Noch am selben Abend ergibt sich eine Gelegenheit, Beweise zu sammeln: Gegen zehn Uhr verlässt Tucker sein Zelt. Jetzt ist es unbewacht ...

Wenn du Tuckers Zelt durchstöberst, lies weiter auf Seite 97

Wenn du das Zelt nicht betrittst, lies weiter auf Seite 98

Die Arbeiten gehen voran. Ihr habt ein großes Areal markiert, wo bereits die Fundamente einer alten Siedlung freigelegt wurden.

Du arbeitest zusammen mit Professor Tibi und Tucker ein ganzes Stück entfernt von den anderen. Die Forscher hoffen, in den Fundamenten Schmuck oder Keramiken zu finden.

„Das könnten die Umrisse eines Hauses sein!", erkennt Tibi. Schnell machst du ein paar Fotos. Dann arbeitet ihr konzentriert weiter. Aber ihr findet zunächst nichts mehr: keinen Schmuck, keine Waffen, nicht mal Scherben.

Tibi und Tucker lassen jedoch nicht locker, graben weiter, zum Teil mit bloßen Händen. Du bist immer in ihrer Nähe und kannst die Enttäuschung in ihren Gesichtern sehen.

Gegen Mittag willst du dir schnell eine eiskalte Cola aus dem Versorgungszelt holen. Du lässt Tibi und Tucker allein weiterbuddeln. Nach hundert Metern fällt dir ein, dass du deinen Sonnenhut an der Ausgrabungsstätte vergessen hast. Also läufst du schnell zurück. Tucker und Tibi sehen dich nicht kommen.

„Wir müssen etwas unternehmen", hörst du den Professor gerade sagen.

„Richtig, so geht es nicht weiter", stimmt Tucker zu. „Wir stehen da wie Idioten, wenn wir wieder nichts finden!"

Was haben die Männer vor?

Wenn du die Archäologen weiter belauschst, lies weiter auf Seite 99

Wenn du dich bemerkbar machst, lies weiter auf Seite 100

Du machst die Augen zu und gehst zwischen den beiden Wachen durch die Tür. Nichts geschieht. Du atmest auf. Als du die Augen wieder öffnest, bist du geblendet. Du stehst in einer Kammer mit vergoldeten Wänden. In der Mitte erhebt sich ein steinerner Sarkophag. Dein Herz rast. Ist das etwa der Sarg eines Pharaos?

In diesem Moment legt sich eine eiskalte Hand auf deine Schulter. Du drehst dich erschrocken um. Eine durchscheinende Gestalt steht vor dir. Sie trägt die Doppelkrone und hält Wedel und Krummstab in den Händen – das ist ein Pharao!

„Wieso störst du meinen Frieden?", hallt die Stimme durch die Goldkammer.

Du sinkst auf die Knie. „Ich … ich wollte wirklich nicht stören", stammelst du.

Der Pharao sieht dich mit milchigen Augen an. „Wenn ich dir glauben soll, musst du etwas für mich tun."

**Wenn du dem Pharao hilfst,
lies weiter auf Seite** 101

**Wenn du wegrennst,
lies weiter auf Seite** 69

Du willst möglichst schnell aus dieser Gruft weg, doch der Pharao hat sein Grab mit allerlei Fallen schützen lassen – und eine wird dir zum Verhängnis: Du trittst auf eine große Steinplatte, die unter deinem Gewicht nachgibt. Du stürzt in die Tiefe.

Ende

Entschlossen versuchst du Achmadan zu helfen, aber Moussur ist ein harter Brocken. Er nimmt es locker mit euch beiden auf. Erst streckt er Achmadan mit einem rechten Haken nieder, dann boxt er dich so fest in den Bauch, dass dir die Luft wegbleibt. Schließlich hat Moussur beide Waffen.

„Das war wohl nichts!", lacht er euch aus. „Und jetzt vorwärts!"

Er treibt euch tiefer in den Stollen hinein.

Wenig später siehst du etwas, wovon du eigentlich immer geträumt hast: ein unentdecktes Pharaonen-Grab. Ein Sarkophag aus Stein steht in der Mitte einer Grabkammer, in der es außerdem noch Götterstatuen, Schmuck, Waffen und sogar ein kleines Schiff gibt. All diese Dinge sollten den Pharao auf seinem Weg ins Reich der Toten begleiten.

„Ich bin Millionär!", jubelt Moussur. „Sammler zahlen mir für das Zeug Unsummen!"

„Diese Sachen gehören ins Museum!", rufst du empört.

„Halt die Klappe. Ich habe übrigens ein schönes Plätzchen für euch! Macht den Sargdeckel auf!"

Oh nein, denkst du. Dieser Wahnsinnige will uns lebendig begraben!

Du musst etwas unternehmen! Dein Blick fällt auf eine mannshohe Figur, die genau zwischen dem Sarg und Moussur steht. Kannst du sie so kippen, dass sie auf Moussur fällt?

**Wenn du es versuchst,
lies weiter auf Seite** 102

**Wenn du es nicht versuchst,
lies weiter auf Seite** 103

Du rennst los. Hinter dir fällt wieder ein Schuss. Du drehst dich erschrocken um und siehst, wie Moussur vom Boden aufsteht. Oh nein, Moussur hat Achmadan angeschossen. Verzweifelt läufst du weiter.

„Bleib stehen!", schreit Moussur. „Sonst schieße ich!"

Doch du missachtest die Warnung – ein Fehler! Wieder hallt ein Schuss durch den Stollen und eine Kugel verletzt deinen Arm.

Ende

Mit spitzen Fingern öffnest du den Sack. Da zwickt dich etwas: ein winziges Krokodil! Der ganze Sack ist voller kleiner Krokodile! Was hat Abdullah vor?

Wenig später weißt du mehr. Der Wagen bremst vor einer gut versteckten Farm am Nil. Ein dicker Mann kommt zum Wagen. Unter der Plane kannst du eine verdächtige Unterhaltung belauschen.

„Wie viele hast du mitgebracht?", fragt der Dicke.

„Etwa zwanzig Stück", erwidert Abdullah

Der Dicke lacht. „Sehr gut. Wenn sie ausgewachsen sind, werden wir aus den Viechern viele schöne Handtaschen und Schuhe machen."

Was für eine Gemeinheit!, denkst du in deinem Versteck. Diese Verbrecher wollen unschuldige Tiere abschlachten, um Geld zu machen.

Die Männer gehen mit dem Sack ins Haus. Durch die kleine Heckscheibe der Fahrerkabine siehst du, dass der Autoschlüssel des Pick-ups steckt. Das ist deine Chance! Gut, dass du mit deinem Vater schon ein paar Stunden auf dem Verkehrsübungsplatz verbracht hast. Du startest den Motor, legst den Gang ein und braust los.

Fünfzehn Minuten später hältst du vor einer Polizeistation an. Du informierst die Beamten über die kriminellen Aktivitäten auf der Farm.

Kurz darauf wird die Farm umstellt. Abdullah und der Dicke werden verhaftet. Die Krokodile kommen zunächst einmal in die Obhut von Tierschützern.

Und du? Du bekommst deine Wertgegenstände zurück.

Ende

Abdullah hält mit dem Auto vor einer Farm am Nil. Die Farm ist durch einen dichten Palmenhain vor neugierigen Blicken geschützt. Abdullah steigt aus und kommt nach hinten. Du ziehst dich noch weiter unter die Plane zurück, aber eine deiner Sandalen lugt ein wenig hervor. Prompt entdeckt dich Abdullah. Bevor er dich packen kann, springst du von der Ladefläche und rennst voller Panik los.

Auf der Farm gibt es einige Wasserbecken mit viel Schilf. Ob du dich dort verstecken kannst? Du hast nicht viel Zeit zu überlegen, denn Abdullah ist dicht hinter dir. Im Laufen beobachtest du das Schilf genau. Da bewegt sich doch etwas. Ein länglicher Körper gleitet durch das Wasser. Ist das etwa ein Krokodil?

Wenn du dich im Schilf versteckst, lies weiter auf Seite   **104**

Wenn du dir ein anderes Versteck suchen willst, lies weiter auf Seite   **105**

„Wir werden den Typen das Handwerk legen!", rufst du.

„Wir? Wieso wir?"

„Weil man nicht zuschauen darf, wenn Unrecht geschieht!",
sagst du. „Ihr müsst mir helfen!"

„Und wie willst du Abdullah beikommen?", fragen die drei
Ägypter skeptisch.

Gute Frage, denkst du.

Dir muss schnell etwas einfallen. Fieberhaft denkst du nach.
Und da hast du eine Eingebung.

„Wir legen uns an der Pyramide auf die Lauer!", rufst du.
„Und wenn Abdullah dort wieder jemanden überfällt, schlagen wir Alarm!"

„Lass das bloß bleiben", warnen dich die drei Ägypter. „Abdullah ist nicht dumm. Er wird es merken, wenn du ihn be-
schattest. Und dann bist du so gut wie tot!"

**Wenn du Abdullah allein die Falle stellst,
lies weiter auf Seite** 106

**Wenn du dir etwas anderes überlegst,
lies weiter auf Seite** 107

Du siehst ein, dass das eine Nummer zu groß für dich ist. Okay, der Verlust der Uhr schmerzt, aber wer weiß, was dir noch alles passieren wird, wenn du dich mit diesem brutalen Abdullah anlegst.

„Vergiss die Sache", sagen die drei Jugendlichen. „Genieß unser schönes Land, schau dir die Pyramiden und Tempel an, sei unser Gast! Wir laden dich heute zu einem original ägyptischen Essen ein, damit du auf andere Gedanken kommst!" Diese Einladung nimmst du gerne an.

Es wird ein unvergesslicher Abend. Es gibt scharf gewürzte Fleischbällchen, pikanten Lammbraten und zuckersüßen Kuchen. Außerdem hast du drei neue Freunde gewonnen. Das ist viel mehr wert als eine Uhr.

Ende

Der Verkehr auf der Schnellstraße ist mörderisch. Wenn du nicht dein Leben riskieren willst, musst du über die Holzbrücke gehen. Deine Schritte werden immer schneller. Doch der Kerl bleibt an dir dran. Jetzt überquerst du die Brücke. Unter dir braust der Verkehr.

Du hast einen schlimmen Verdacht. Hat der Verfolger dein Geschäft mit dem Mädchen beobachtet? Will er dir den wunderbaren Skarabäus abnehmen? Deine Hand umschließt das Schmuckstück ganz fest.

In diesem Moment tippt dir jemand auf die Schulter. Du drehst dich um. Es ist der Mann mit dem schmalen Gesicht. Er muss – von dir unbemerkt – einen Zwischensprint eingelegt haben, um dich einzuholen. Nun seid ihr beide allein auf der Brücke …

„Den Ausweis bitte!", sagt der Mann.

Ausweis? Was geht hier vor? Du dachtest, der Typ will dich berauben! Aber nun atmest du auf. Es scheint sich um einen Polizisten zu handeln! Was für ein Glück!

„Aber gern!", antwortest du und zückst den Ausweis.

Der Mann sieht dich prüfend an. „Und jetzt zeige mir bitte mal den Inhalt deiner Hosentaschen. Ich habe nämlich vorhin beobachtet, dass du etwas gekauft hast, was du gar nicht besitzen dürftest."

Dir wird ganz mulmig. Zögernd ziehst du den Skarabäus hervor. Der Polizist untersucht ihn. Plötzlich lacht er.

„Das Ding ist eine wertlose Fälschung. Du bist einer Betrügerin aufgesessen."

Dann lässt er dich stehen. Was für eine Pleite!

Ende

Du kannst sehr schnell laufen. Die ersten Meter gelingt es dir auch tatsächlich, dich durch den Verkehr zu schlängeln. Immer wieder wirst du angehupt. Aber was soll's – gleich bist du auf der anderen Straßenseite.

Dein Plan funktioniert. Du kannst deinen Verfolger durch dieses waghalsige Manöver abhängen und erreichst das Camp ohne weitere Zwischenfälle. Dort versteckst du deinen Skarabäus.

Als du wieder in deiner Heimat bist, zeigst du deinen Schatz einem Ägyptologen. Der Fachmann sieht dich über den Rand seiner Brille nachsichtig an.

„So, so, ein goldener Skarabäus soll das sein? Da muss ich dich enttäuschen. Das Ding hier ist eine Fälschung – und zwar eine ziemlich miese."

Ende

„Gut, du kannst gehen", sagst du.

„Danke!", ruft das Mädchen. „Und bitte: Sag niemandem etwas, vor allem nicht der Polizei. Sonst bringst du meine Familie und mich in große Gefahr!"

Nachdenklich siehst du dem Mädchen nach.

Du überlegst, ob du richtig gehandelt hast. Ja, denn was hättest du schon allein gegen diese Bande von Kriminellen ausrichten können? Gar nichts! Also hättest du die Polizei einschalten müssen. Damit wären auch das Mädchen und ihre Familie ins Visier der Fahnder geraten. Und das wolltest du ja nicht. Aber ein komisches Gefühl hast du schon, als du dich auf den Rückweg zum Camp machst.

Ende

„Wer ist der Anführer der Bande?", willst du wissen.

Das Mädchen sieht ängstlich nach rechts und nach links.

„Er heißt Raschid", flüstert sie. „Aber von mir hast du diesen Namen nicht."

„Wo finde ich diesen Raschid?"

„Die Bande hat einen geheimen Treffpunkt in der alten Pumpenstation am Nil! Dort treffen sich die Typen jeden Abend gegen zehn Uhr."

Du lässt dir den Weg dorthin erklären, dann erlaubst du dem Mädchen zu gehen. Du versprichst ihr, sie nicht zu verraten.

Einen Augenblick spielst du mit dem Gedanken, die Polizei einzuschalten. Aber was ist, wenn dir das Mädchen nur Blödsinn erzählt hat? Du willst dich lieber erst mal unauffällig an der Pumpenstation umsehen.

Noch am selben Abend schleichst du dorthin. Und tatsächlich: Ein paar Männer sind im Schutz der Dunkelheit gerade dabei, ein Boot zu besteigen. Der Motor läuft bereits.

Lies weiter auf Seite   **95**

Zögernd gehst du auf die Anubis-Figuren zu. Als du nur noch zwei Schritte entfernt bist, kannst du sehen, dass sie tatsächlich leben. Ihre kalten Augen funkeln dich an. Dann richten sie ihre Speere auf dein Herz.

„Wo willst du hin?", fragen dich die Statuen mit den Hundeköpfen.

„Ich möchte wissen, was hinter diesem Tor liegt", antwortest du ihnen.

„Die Welt der Toten", sagen die Wächter.

Dir läuft ein eiskalter Schauer den Rücken hinunter.

Warum drehst du eigentlich nicht um und haust ab?, fragst du dich.

Doch du kennst die Antwort: Weil du hier einer einmaligen Sache auf der Spur bist!

„Aus dieser Welt gibt es kein Zurück mehr", ergänzen die Wächter.

Wenn du trotzdem das Reich der Toten besuchen willst, lies weiter auf Seite **108**

Wenn du umdrehst, lies weiter auf Seite **110**

Du hast ein ganz schön mulmiges Gefühl, als du dem Mann zuschaust, wie er einen Trank zusammenmixt.

„Hier", sagt er schließlich, „das wird dir helfen."

Du schaust in den Becher. Darin befindet sich eine milchige Flüssigkeit, die sehr streng riecht. Chadra lacht.

„Ich weiß, das Zeug duftet nicht gerade! Aber ich habe es auch schon mal getrunken, als es mir sehr schlecht ging."

Als dir dann auch Chadras Vater aufmunternd zunickt, kippst du das Zeug hinunter. Sofort verbreitet sich eine angenehme Wärme in deinem Magen. Schon eine Stunde später geht es dir besser. Am Abend kannst du wieder aufstehen – du bist geheilt!

„Vielen, vielen Dank!", sagst du zu Chadra und ihrem Vater.

„Komm doch morgen wieder vorbei!", laden sie dich ein.

Das lässt du dir nicht zweimal sagen. Chadra zeigt dir ihr faszinierendes Land.

Als du wieder in deine Heimat reisen musst, tauscht ihr eure Adressen aus. Chadra wird deine Brieffreundin. Und nächstes Jahr wirst du wieder nach Ägypten reisen – so viel steht fest!

Ende

Du rennst zurück zur Treppe, aber nach ein paar Schritten kommst du zur Besinnung.

„Was für ein mieser Trick", brüllst du in Richtung der beiden Anubis-Figuren. „Ihr veranstaltet hier ein kleines Kostümfest und ich soll drauf reinfallen!"

Dein Lachen hallt in dem Raum wider. Dann willst du die Treppe nach oben laufen. Aber was ist das? Da gibt es keine Treppe mehr! Du drehst dich um. Der nächste Schreck: Auch die beiden Anubis-Figuren sind verschwunden. Stattdessen wabert schwarzer Nebel durch den Raum und hüllt dich ein. Der Rauch nimmt dir den Atem. Langsam sinkst du auf die Knie. Jetzt ahnst du: Du hättest den Gott Anubis nicht verhöhnen dürfen, aber die Einsicht kommt zu spät. Das letzte, was du siehst, sind zwei Wesen mit schwarzen Hundeköpfen, die sich über dich beugen.

Ende

Ein großes Klettertalent warst du eigentlich nie. Aber jetzt, wo es darauf ankommt, entwickelst du ungeahnte Fähigkeiten. Geschickt kletterst du an den Steinen hinauf. Dein Herz klopft. Du schaust nach oben und erkennst, dass du dich in einer Art Kamin befindest. Und oben – ganz oben – schimmert Tageslicht!

„Ich werde es packen!", versuchst du dich zu überzeugen.

Da bricht der Stein unter deinem linken Fuß weg! Du rutschst ab, kannst dich aber in letzter Sekunde festhalten. Es kracht und der Stein unter deinem rechten Fuß verabschiedet sich ebenfalls! Nun hängt dein gesamtes Körpergewicht an deinen Händen. Deine Muskeln sind zum Zerreißen gespannt. Unter dir gähnt der Abgrund, aber du kämpfst weiter. Deine Füße suchen nach einem neuen Halt, doch da ist absolut nichts!

Deine Kräfte schwinden. Du befürchtest, dass die Pyramide auch dein Grab werden könnte. Plötzlich hörst du ein Geräusch. Du spähst über die Schulter und siehst eine Gestalt auf dich zufliegen. Sofort erkennst du, dass es sich um Osiris handelt, den vogelköpfigen Totengott! Du schließt die Augen, wartest auf den Angriff des mächtigen Gottes, doch da passiert das Unerwartete: Osiris nimmt dich auf seinen Rücken, schwebt mit dir hinauf zum Licht und rettet dich aus der Pyramide!

Ende

Du wanderst durch das Labyrinth von Gängen und Schächten. Nach einer halben Stunde gibt deine Taschenlampe langsam ihren Geist auf. Du lässt dich jedoch nicht unterkriegen, sondern tastest dich weiter durch die Pyramide.

Irgendwann wirst auch du immer schwächer – wie die Batterie in deiner Taschenlampe. Mutlos setzt du dich hin und döst ein. Du dämmerst in das Reich der Toten hinüber.

Aber da – ein Geräusch! Ein Schaben, ein Scharren, ein Hämmern! Schlagartig bist du wach und klopfst gegen die Wand. Stille. Dann gedämpfte Stimmen. Dein Klopfen wird erwidert! Du kannst es nicht fassen! Wenig später löst sich ein Stein neben dir und ein Gesicht taucht in der Mauerlücke auf.

„Was machst du denn hier?", fragt dich ein bärtiger Mann verblüfft.

„Oh, das ist eine ziemlich lange und verrückte Geschichte", erwiderst du.

„Die kannst du mir später erzählen", sagt der Mann freundlich. „Jetzt holen wir dich erst einmal hier heraus."

Der Bärtige ist ein Archäologe, der mit seinem Team die Pyramide untersucht. Tja, und diesmal hat er zweifellos einen äußerst ungewöhnlichen Fund gemacht: nämlich dich!

Ende

Mit einem Sprung bist du bei der Tür, flitzt hindurch und gibst Vollgas. Hinter dir wird Geschrei laut. Du rennst durch die große Abflughalle. Aber wo willst du eigentlich hin? Egal, erst mal weg, nur weg!

Ein Mann stellt sich dir in den Weg und breitet die Arme aus, als wolle er dich an seine Brust drücken. Doch du tauchst unter den Armen hindurch und saust auf den Haupteingang zu. Dabei wirfst du einen Blick über die Schulter. Der Zollbeamte ist ein gutes Stück hinter dir. Hervorragend! Du wirst ihn abhängen!

An den großen Eingangstüren des Flughafens marschieren gerade zwei Wachmänner vorbei. Was jetzt? Deine hektischen Blicke suchen die Halle ab. Rechts von dir strömt eine große Menschenmenge auf einen Abfertigungsschalter zu. Du versuchst dich in der Menge zu verstecken, machst dich ganz klein hinter einem großen, dicken Mann, aber das nützt dir alles nichts. Der Beamte fischt dich aus der Menschenmenge und nimmt dich fest.

Ende

Der Zollbeamte legt auf und beginnt mit dem Verhör. Er will wissen, wo du das Kreuz herhast. Du berichtest alles haarklein, während der Beamte sich ein paar Notizen macht. Als du mit deiner Aussage fertig bist, spielt er nachdenklich mit seinem Kugelschreiber.

„Du bist noch jung", sagt er schließlich. „Zu jung fürs Gefängnis."

Du atmest tief durch.

„Freu dich nicht zu früh", sagt der Polizist. „Denn ohne Denkzettel geht es nicht. Du wirst 1000 Dollar Strafe zahlen. Und da du dieses Geld vermutlich nicht hast, werden wir jetzt deine Eltern anrufen!"

Er nimmt den Hörer ab und hält ihn dir unter die Nase.

Deine Eltern? Oh Gott, ist das peinlich! Aber es muss sein! Also wählst du mit zitternden Fingern die Nummer deiner Eltern und beichtest ihnen alles. Sie sind ziemlich sauer, überweisen aber sofort telegrafisch die 1000 Dollar Strafe.

Einen Tag später bist du wieder frei und kannst die Heimreise antreten. Aber der Ankunft in deiner Heimat siehst du mit gemischten Gefühlen entgegen.

Ende

Mann, das wird eine Super-Story! Das glaubst du jedenfalls, als du bei einem TV-Sender ankommst. Man hat dich zu einer Live-Sendung eingeladen. Ein Journalist will dich vor laufender Kamera zu deinem sensationellen Fund befragen.

Du bist tierisch aufgeregt, als du in einem roten Sessel Platz nimmst. Der Moderator stellt dich zunächst den Zuschauern vor. Du machst deine Sache gut – bleibst ruhig und sachlich. Dann zeigst du das Ankh-Kreuz. Der Moderator ist sehr beeindruckt. Zu deiner großen Überraschung kündigt er einen weiteren Show-Gast an: einen berühmten Archäologen. Dieser Experte soll etwas über den Wert deines Schatzes sagen. Und wer betritt das Studio? Es ist Professor Tibi!

Du ahnst, dass das kein gutes Ende nehmen wird. Und so ist es: Tibi lässt sich das Ankh-Kreuz zeigen. Vor einem Millionenpublikum stellt er dir bohrende Fragen, zum Beispiel wo du dieses einmalige Stück herhast. Du musst gestehen, dass du nicht der rechtmäßige Besitzer des Kreuzes bist. Du bist nicht nur blamiert – dich erwartet auch noch eine Anzeige.

Ende

Wie findest du nur einen Käufer für deinen Schatz? Schließlich gibst du in einer führenden Archäologie-Zeitschrift eine Anzeige auf.

Es dauert nur wenige Tage, bis sich jemand meldet.

„Guten Tag, hier ist das Nationalmuseum", hörst du eine Stimme sagen. „Wir sind sehr interessiert an dem Schmuckstück!"

Na prima, denkst du, jetzt werde ich reich!

Das Museum will einen Experten schicken, der die Echtheit des Kreuzes überprüfen soll. Kein Problem, darauf lässt du dich gerne ein. Nur der Treffpunkt und die Uhrzeit des Treffens kommen dir ein wenig seltsam vor: 22 Uhr, Parkplatz einer Autobahn-Raststätte. Du willigst dennoch ein.

Als du zu dem einsamen Parkplatz kommst, wirst du bereits erwartet. Aber es sind keine Wissenschaftler, sondern zwei vermummte Gestalten, die dich mit Pistolen bedrohen. Sie nehmen dir das Kreuz ab und brausen davon.

Aus dem plötzlichen Reichtum wurde nichts, aber vielleicht bist du um eine Erfahrung reicher: Es lohnt sich nicht, kriminell zu werden.

Ende

In dem unheimlichen Haus liegt jede Menge Gerümpel herum. Im Mondlicht tastest du dich langsam vorwärts. Du öffnest eine Tür – und erschrickst fürchterlich. In goldenen Kronleuchtern brennen zahllose Kerzen und werfen ihr Licht auf ein großes Bett, auf dem jemand liegt. Die Person ist ganz in Weiß gekleidet und auch ihr Gesicht ist verdeckt.

Die Mumie!, denkst du erschrocken. Aber nein, so was gibt es nur im Film, glaubst du und zwingst dich zur Ruhe.

Schritt für Schritt gehst du auf das Bett zu. Nun stehst du unmittelbar davor, streckst schon die Hand nach der Mumie aus. Plötzlich fährt ein Windstoß ins Zimmer und löscht alle Kerzen aus. Jetzt ist es stockfinster. Du drehst dich um, willst aus dem Raum laufen, aber du kommst nicht weit. Etwas packt dich von hinten und zerrt dich auf das Bett.

Und wenn jemand es später einmal wagen sollte, das unheimliche Haus zu betreten, werden auf dem Bett zwei weiße Gestalten liegen …

Ende

Ein Motor heult auf, Reifen quietschen, ein Auto braust davon. Da Mumien mit ziemlicher Sicherheit nicht Auto fahren können, ist dir jetzt endgültig klar: Da treibt jemand einen bösen Scherz mit euch.

Aber dem Kerl wirst du das Handwerk legen, denkst du fest entschlossen, als du zu den anderen zurückläufst.

Lies weiter auf Seite 64

Tuckers Argumente überzeugen dich, denn diese Legenden haben oft einen wahren Kern. Tucker setzt sich auch bei den anderen durch und so wird ab dem nächsten Tag an einer ganz anderen Stelle gegraben.

Euer Erfolg in den nächsten Wochen ist eher gering, aber wenigstens gibt es keine unheimlichen Zwischenfälle mehr.

Als du wieder in deine Heimat zurückfliegst, bist du mit deiner Zeit in Ägypten alles in allem sehr zufrieden.

Einige Monate später stößt du in einer Fachzeitschrift auf einen Bericht mit einem Bild von Tucker. Er wird in dem Artikel als großer Archäologe gefeiert, weil er ein bisher unentdecktes Pharaonengrab gefunden hat!

Du siehst dir das Foto genauer an, das Tucker inmitten des Ausgrabungsfeldes zeigt. Dieses Fleckchen Erde kennst du sehr gut, denn vor einiger Zeit hast du ebenfalls dort gebuddelt – bis die Mumie auftauchte ...

Ein böser Verdacht beschleicht dich: Hat Tucker gewusst, dass das Grab an dieser Stelle liegt? Hat er sich als Mumie verkleidet und euch von dort vertrieben, um den Ruhm nicht mit euch teilen zu müssen?

Das sind Fragen, auf die du leider keine Antworten erhalten wirst, denn dir fehlen die Beweise.

Ende

Mit einem energischen Appell an die Vernunft setzt sich Professor Tibi schließlich durch. Du unterstützt ihn dabei nach Kräften.

Tags darauf bleibt alles ruhig. Ihr arbeitet konzentriert weiter und am Abend redet schon niemand mehr von der Mumie.

Das ändert sich am folgenden Morgen jedoch schlagartig. Jemand ist der Nacht in euer Materialzelt eingebrochen und hat sämtliche Werkzeuge gestohlen.

„So ein Mist", murmelt Tibi. „Bis wir die notwendige Ausrüstung wieder beschafft haben, vergehen Tage!"

Tucker sagt: „Lassen Sie uns diese Grabungsstelle aufgeben. Die Sache steht unter keinem guten Stern!"

„Ja!", ruft ein anderer. „Hinter dem Diebstahl steckt bestimmt die Mumie. Sie will verhindern, dass wir hier noch länger graben!"

Eine hitzige Diskussion entbrennt. Du ziehst dich zurück und schaust dir das Materialzelt mal genau an. Es wurde hinten aufgeschlitzt. Dort suchst du den Boden nach Spuren ab – und wirst fündig: Deutliche Fußspuren führen vom Zelt weg. Das Profil kommt dir bekannt vor. Es stammt von Turnschuhen, wie du selbst sie trägst. Eine Mumie in Turnschuhen? Lächerlich!

**Wenn du Professor Tibi alarmierst,
lies weiter auf Seite** **111**

**Wenn du lieber allein Detektiv spielst,
lies weiter auf Seite** **112**

Geduckt überwindest du die letzten Meter zum Schiff. Mit einem kühnen Satz springst du auf das hintere Deck und versteckst dich hinter einer dicken Taurolle. Du lässt dreißig Sekunden verstreichen. Nichts passiert. Offenbar hat dich niemand bemerkt. Du atmest auf.

Aus der Kajüte dringt Licht. Du schleichst näher und schaust durch ein Fenster. Tucker und ein paar Männer stehen um einen Tisch herum. Deine Augen werden groß: Auf dem Tisch liegen wunderschöne Schmuckstücke aus der Pharaonen-Zeit. Nun ist dir alles klar: Tucker und die anderen Kerle stehlen Ausgrabungsstücke!

Du versteckst dich wieder hinter der Taurolle und überlegst, was du tun sollst.

Lichter tauchen aus der Dunkelheit auf. Offenbar fahrt ihr gerade an einem Dorf vorbei. Dort könntest du womöglich die Polizei alarmieren.

**Wenn du über Bord springst,
lies weiter auf Seite** **113**

**Wenn du auf dem Schiff bleibst,
lies weiter auf Seite** **114**

Das Schiff verschwindet in der Dunkelheit. Nachdenklich gehst du durch die Pumpenstation. Plötzlich bleibst du stehen. In der Tür steht ein Mann und versperrt dir den Weg.

„Was hast du hier verloren?", will der Kerl wissen.

„Nichts", antwortest du. Vorsichtig machst du einen Schritt zurück.

„Bleib stehen oder ich schieße. Wir mögen es nicht, wenn man uns nachschleicht!"

Mist, der Kerl gehört zu Tuckers Bande! Damit hattest du nicht gerechnet! Ob er wirklich eine Waffe hat? Vermutlich blufft er nur. Du riskierst es und rennst einfach los. Schwere Schritte sind hinter dir zu hören. Keine Frage, der Kerl ist dir auf den Fersen. Du läufst durch das dunkle Haus und suchst einen Winkel, wo du dich verstecken kannst. Dabei stolperst du über ein Brett und fällst zu Boden.

Jetzt holt dich der Verfolger garantiert ein! Schon sind die Schritte ganz nah. In deiner Verzweiflung schnappst du dir das Brett, über das du gerade gepurzelt bist. Im Mondlicht erkennst du die Umrisse eines Mannes. Kurz entschlossen schlägst du zu. Der Mann brüllt auf und geht zu Boden. Du durchsuchst ihn. Der Kerl hat zwar keine Pistole, aber ein Handy. Und das brauchst du viel dringender! Du rufst die Polizei, die den Kerl und später auch Tucker und die anderen Männer festnimmt. An Bord hatten die Typen jede Menge extrem wertvolle Fundstücke, die sie an den Ausgrabungsstätten gestohlen hatten.

Ende

Du durchwühlst Tuckers Zelt, kannst aber nichts finden. Gerade, als du dich wieder davonschleichen willst, kommt Tucker zurück und erwischt dich.

„Du wolltest mich bestehlen!", brüllt Tucker und schleppt dich zu Tibi.

Der Professor ist entsetzt. So sehr du auch deine Unschuld beteuerst, niemand glaubt dir.

„Ich will keine Diebe in meinem Camp haben!", sagt Tibi zu dir und wirft dich raus. Schon am nächsten Tag musst du in deine Heimat zurückfliegen.

Ende

Tucker würde etwas so Wertvolles bestimmt nicht unbewacht im Zelt zurücklassen. Du vermutest, dass er dein Ankh-Kreuz bei sich trägt. Aber wie willst du das feststellen? Da kommt dir ein guter Gedanke. Mit deinem Taschenmesser schlitzt du Tuckers Zelt an der Rückseite ein bisschen auf. Jetzt kannst du in das Zelt hineinspähen, ohne selbst gesehen zu werden.

Erst weit nach Mitternacht kommt Tucker endlich zurück. Er macht Licht und du siehst, wie er das Hemd auszieht. Darunter kommt dein Ankh-Kreuz an einem Kettchen zum Vorschein! Jetzt nimmt Tucker die Kette ab und schiebt sie unter sein Kopfkissen. Mehr brauchst du nicht zu sehen.

Du rennst zu Professor Tibi, weckst ihn auf und schleppst ihn zu Tucker.

Diesmal ist Tucker eindeutig überführt! Du bekommst deinen sehr wertvollen Fund zurück – und Tucker die Kündigung von Tibi.

Ende

Du versteckst dich hinter einem Lkw und spitzt die Ohren. In diesem Augenblick wirft Tibi einen Blick über die Schulter, aber er sieht dich nicht!

„Okay", sagt der Professor nun. „Ich gehe jetzt ins Zelt und hole etwas, das uns weiterhelfen wird."

Tucker lacht nur und sagt: „Aber beeilen Sie sich! Unser kleiner Helfer kommt bestimmt gleich zurück!"

Von wegen, denkst du in deinem Versteck, der kleine Helfer ist schon da!

Wenige Augenblicke später ist Tibi wieder zurück. Erneut schaut er sich um.

Eine innere Stimme sagt dir, dass du deine Kamera bereithalten solltest. Rasch ziehst du sie hervor, spähst durch den Sucher.

Da! Tibi hält etwas Glitzerndes in der Hand. Sofort drückst du auf den Auslöser. Jetzt lässt Tibi das Glitzerding auf den Boden fallen. Auch diesen Moment hältst du mit deiner Kamera fest.

Mein Gott, Tibi und Tucker deponieren alte Fundstücke an der Ausgrabungsstätte, um sich als große Archäologen feiern zu lassen! Was für ein Betrug! Du könntest aber auch aus den Fotos Kapital schlagen.

Wenn du Tibi und Tucker mit den Fotos erpresst, lies weiter auf Seite **115**

Wenn du den Schwindel auffliegen lässt, lies weiter auf Seite **116**

„Hallo!", rufst du. „Haben Sie schon etwas gefunden?"

„Leider nein", entgegnet Tibi.

„Ich glaube, wir sollten an einer anderen Stelle weitersuchen", sagst du.

Tibi sieht dich wütend an. „So ein Grünschnabel wie du sollte sich nicht in unsere Arbeit einmischen! Hier muss etwas sein!"

Du sagst lieber nichts mehr und lässt die Männer in Ruhe. Dann suchst du dir ein schattiges Plätzchen und nuckelst an deiner Cola. Plötzlich bewegt sich der Sand unmittelbar vor deinen Füßen. Ein kleines Tier buddelt sich aus dem Sand. Du schreckst zurück – das ist eine Schlange! Doch das Tier hat mehr Angst vor dir als du vor ihm. Blitzschnell ist die Schlange unter einem Stein verschwunden.

Du atmest auf. Da fällt dein Blick auf die Stelle, wo das Tier eben aufgetaucht ist. Dort funkelt doch etwas! Du siehst nach, greifst in den heißen Sand – und hältst eine wunderschöne Kette mit Lapislazuli-Steinen in den Händen! Sofort rennst du mit deinem Fund zu Tibi und Tucker. Sie erkennen schnell, dass die Kette über 3000 Jahre alt ist. Du wirst als erfolgreicher Archäologe gefeiert. Dass dir dabei eine Schlange geholfen hat, bleibt dein Geheimnis …

Ende

„Ich mache alles, was du willst", sagst du kleinlaut.

„Gut", erwidert der Pharao. „Ein paar Räuber haben vergangene Nacht mein Grab entdeckt. Heute Abend wollen sie wiederkommen und meine Schätze stehlen. Das musst du verhindern!"

Rasch nickst du. Der Pharao lässt dich gehen und erklärt dir freundlicherweise vorher noch, wo die Fallen versteckt sind. Du vermeidest es, auf bestimmte Steine zu treten, und gelangst sicher aus der Pyramide.

Draußen kommt dir das Erlebte wie ein Traum vor. Du zwickst dich in den Arm. Nein, du schläfst nicht. Jetzt musst du handeln und die Polizei benachrichtigen.

Zunächst schenkt man deiner Geschichte keinen Glauben.

„Das hast du dir doch nur ausgedacht, um dich wichtig zu machen!", bekommst du zu hören.

Doch dann lassen sich die Polizisten von dir dazu überreden, mit zur Pyramide zu kommen. Du zeigst ihnen den von den Grabräubern gebuddelten Gang und führst die staunenden Polizisten zur Gruft des Pharaos. Am Abend legen sich die Polizisten dort auf die Lauer. Du darfst dabei sein und bekommst hautnah mit, wie die Polizisten drei Grabräuber verhaften, als sie das Grab betreten.

Du bekommst von der Polizei viel Lob und eine hohe Belohnung.

Ende

Während Moussur mit großen Augen den Schatz bewundert, stellst du dich hinter die Statue und lehnst dich mit deinem ganzen Gewicht dagegen. Es knirscht. Die Statue beginnt zu kippen, dann fällt sie genau auf Moussur. Der Räuber geht zu Boden und ist bewusstlos.

„Gut gemacht!", lobt dich Achmadan, während er schnell die Schusswaffen einsammelt. Dann fesselt er seinen Kollegen äußerst gründlich.

„Komm jetzt", sagt Achmadan zu dir. „Wir werden dafür sorgen, dass dieses wunderschöne Grab von Archäologen untersucht wird und die Schätze ins Museum gebracht werden. Und natürlich wird Moussur auch dorthin kommen, wo er hingehört: ins Gefängnis!"

Ende

„Der Sarg darf nicht geöffnet werden!", rufst du verzweifelt.

„Ach was, das sind doch alles nur alte Schauergeschichten!", höhnt Moussur. „Was kann der Pharao schon dagegen machen? Der ist schon ein paar tausend Jahre tot!"

Dann packt er die Steinplatte, die als Abdeckung auf dem Sarkophag liegt, und schiebt sie ein Stück zur Seite.

„Na, seht ihr: Nichts passiert!", lacht Moussur und beugt sich über den Sarg.

Plötzlich schießt eine Hand aus dem Inneren des Sarges und packt Moussurs Gurgel. Der Polizist wehrt sich, hat aber keine Chance. Die Hand scheint ihn in den Sarg ziehen zu wollen! Moussur schreit wie am Spieß.

Achmadan springt zum Sarg, schnappt sich eine der Pistolen seines Kollegen und reißt Moussur vom Sarg weg. Die Hand verschwindet wieder. Keuchend liegt Moussur am Boden und reibt sich seinen Hals.

„Ich habe Sie doch gewarnt", sagst du zu dem Verbrecher.

„Richtig", sagt Achmadan. „Aber du wolltest ja nicht hören, Moussur. Doch im Knast wirst du genug Zeit haben, um über die alten Geschichten nachzudenken."

Ende

Mit einem Satz bist du im Wasser und versteckst dich im Schilf. Abdullah rennt an dir vorbei, ohne dich zu bemerken. Puh, das ging ja noch mal gut – oder auch nicht. Plötzlich bewegt sich das Schilf. Etwas kommt mit schnellen, zielstrebigen Bewegungen auf dich zu. Dieses Etwas ist offensichtlich sehr groß. Du gerätst in Panik und willst wieder aus dem hüfttiefen Wasser raus, aber du kommst nur langsam voran. Zu langsam!

Das Tier holt dich ein. Du starrst in das weit aufgerissene Maul eines Nilkrokodils. In diesem Moment schließt du mit deinem Leben ab. Du machst die Augen zu und wartest auf den Schmerz.

Aber, oh Wunder, nichts dergleichen passiert. Vorsichtig öffnest du wieder die Augen. Das Krokodil hat sich abgewendet und schwimmt davon. Vielleicht hat es schon gefrühstückt oder ist Vegetarier. Dir ist das egal! Hauptsache du bist gerettet.

Du läufst zur Farm zurück und beobachtest durch ein Fenster, dass Abdullah einem dicken Mann junge Krokodile verkauft, die er in dem Sack mitgebracht hat. Dir wird klar, dass hier ein illegaler Tierhandel abläuft. Du schleichst dich ins Haus, findest ein Telefon und alarmierst die Polizei, die Abdullah und seinem Partner das Handwerk legt. Widerwillig rückt Abdullah deine schöne Uhr wieder heraus, bevor ihn die Polizei abführt.

Ende

„Gleich habe ich dich!", brüllt Abdullah.

Das befürchtest du auch, während du so schnell läufst, dass du kaum noch Luft bekommst. Wo kannst du dich nur verkriechen? Nirgends, denn plötzlich ist der Weg zu Ende. Keuchend stehst du jetzt vor einem verschlossenen Garagentor. Na toll! Du drehst dich um und schaust in das grinsende Gesicht von Abdullah.

„Wieso schleichst du hinter mir her?", fragt er und zieht ein Messer. Angst kriecht in dein Herz. Da siehst du eine Schlange im Gebüsch. Sie kriecht von hinten auf Abdullah zu!

„Da … da ist eine Schlange!", stotterst du.

„Netter Versuch!", lacht Abdullah. „Aber darauf falle ich nicht rein."

In diesem Moment hat ihn die Schlange erreicht und beißt ihm in die Wade. Abdullah schreit auf und fasst sich ans verletzte Bein. Die Situation nutzt du aus und schlägst ihm das Messer aus der Hand. Abdullah sinkt bewusstlos zu Boden – du vermutest, dass das Schlangengift daran schuld ist. Am Gürtel des Verbrechers findest du ein Handy. Damit verständigst du die Polizei, die kurz darauf eintrifft. Du staunst, als die Polizisten den Sack öffnen, der auf der Ladefläche von Abdullahs Wagen lag. Viele kleine Krokodile kommen zum Vorschein. Abdullah wollte sie an den Farmbesitzer verkaufen, der Krokodile züchtet. Die Haut der erwachsenen Krokodile sollte dann an die Lederindustrie verkauft werden. Aber aus diesem schmutzigen Geschäft wird nichts – dank dir!

Ende

Ihr Feiglinge!, denkst du empört und lässt die drei Jugendlichen einfach stehen. Wütend trampst du zur Pyramide zurück. Hinter einem Souvenirladen legst du dich auf die Lauer. Stunden vergehen, und du glaubst schon, dass dieser Abdullah nie wieder aufkreuzen wird.

Aber am späten Nachmittag schlendert er freundlich lächelnd heran. Mit drei Männern aus seiner Bande marschiert er zielstrebig auf einen älteren Herrn zu, der von der Pyramide Fotos macht. Schnell wird der ältere Herr umzingelt. Aus deinem Versteck beobachtest du, wie die Typen den Touristen ausplündern! Nicht zu fassen!

Aber jetzt kommst du. Du holst den Polizisten, der im Schatten des Souvenirladens döst. Der Beamte ist sofort hellwach. Gemeinsam verfolgt ihr die Täter, die sich gerade mit ihrer Beute aus dem Staub machen wollen. Der Polizist nimmt die Räuber fest.

Der alte Mann, dem der Schrecken noch in den Gliedern sitzt, ist dir sehr dankbar. Er erhält seine Kamera und seinen Geldbeutel zurück – und auch du freust dich, dass du deine schöne alte Uhr und die anderen Wertsachen wiederbekommst!

Ende

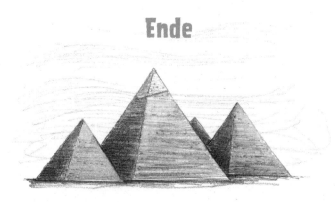

Ratlos verabschiedest du dich von den drei Ägyptern und läufst ziellos durch den Ort.

Es muss eine Möglichkeit geben, diesem Abdullah das Handwerk zu legen!, überlegst du. Plötzlich stehst du wieder vor der Bar, in der Abdullah vorher etwas getrunken hat. Du bist offensichtlich im Kreis gelaufen. Unschlüssig gehst du in die Bar, denn dich plagt schon wieder großer Durst. Kein Wunder, bei dieser Hitze!

Du hockst dich an die Theke und bestellst eine Cola. Der Wirt macht den riesigen Kühlschrank auf, greift hinein – aber was ist das? Der Wirt trägt deine wunderschöne Uhr! Du schüttest die Cola hinunter, bezahlst und verlässt die Bar. Draußen suchst du einen Polizisten und schleppst ihn zum Lokal.

„Der Wirt trägt meine Uhr!", beschuldigst du den Kneipenbesitzer.

„Ach was", erwidert der Wirt. „Die gehört mir schon ewig. Ist ein Geschenk von meiner Frau!"

„Sie lügen!", rufst du. „Und ich kann es beweisen!"

Der Polizist sieht dich skeptisch an. „So? Wie denn?"

„Auf der Rückseite der Uhr sind meine Initialen eingraviert", sagst du und nennst die Anfangsbuchstaben deines Vor- und Nachnamens.

Der Polizist fordert den Wirt auf, die Uhr abzulegen, und überprüft die Rückseite. „Stimmt", stellt er fest.

Der Wirt gesteht, dass er die Uhr von Abdullah gekauft hat. Während der Polizist per Handy eine Fahndung nach Abdullah einleitet, streifst du deine Uhr übers Handgelenk.

Ende

Die Wächter heben die Speere und lassen dich durch. Über einen mit feinen Mosaiken verzierten Gang gelangst du in einen goldenen Raum. In dessen Mitte erhebt sich ein Thron, auf dem der Gott Osiris sitzt. Er trägt Krummstab und Wedel als Zeichen seiner göttlichen Macht. Neben ihm steht der Gott Anubis mit seinem schwarzen Hundekopf. Die beiden mustern dich kühl, aber mit Interesse.

„Du bist jung. Zu jung, um zu sterben", sagt Osiris mit heiserer Stimme. „Was willst du in unserem Reich?"

Du stammelst etwas von Forscherdrang und Neugier.

„Du wolltest unsere Welt kennen lernen", sagt Anubis und lacht. „Die Welt der Toten. Du bist mutig, sehr mutig …"

Sofort bereust du, dass du dich bis hierher vorgewagt hast.

„Verzeiht mir", sagst du kleinlaut.

Die Götter stecken die Köpfe zusammen und flüstern miteinander.

„Normalerweise", sagt Osiris schließlich, „gibt es kein Zurück aus unserem Reich, doch bei dir wollen wir eine Ausnahme machen. Wir haben in dein Herz gesehen – es ist rein. Aber du musst in Zukunft unsere Namen preisen und ehren!"

Du versprichst es den Göttern. Dann führen dich Osiris und Anubis zu einem unscheinbaren Tor. Dahinter liegt die Welt, die du kennst – plötzlich stehst du wieder im gleißenden Sonnenlicht vor der Pyramide!

Bevor du in deine Heimat zurückfliegst, kaufst du dir zwei Anhänger mit den Bildnissen von Osiris und Anubis. Die beiden Götter sind von jetzt an deine Glücksbringer.

Ende

Du machst auf dem Absatz kehrt. Nach einigem Suchen findest du den Ausgang aus der Pyramide. Davor laufen überall Touristen herum. Zahllose Souvenir-Shops reihen sich aneinander. Händler verhökern ihre Waren. Plötzlich kommt dir das, was du gerade erlebt hast, so unrealistisch vor. Hast du das alles nur geträumt? Hast du vielleicht sogar einen Sonnenstich? Du bist völlig unsicher.

Plötzlich steigt dir ein Geruch in die Nase, der dich stutzen lässt. Dein Hemd riecht nach Rauch. Du schnupperst am Ärmel – ja, es riecht nach Rauch. Dir fallen die Fackeln ein, die im Vorraum zum Reich der Toten brannten. Das ist der Beweis: Du hast doch nicht geträumt. Du warst wirklich kurz davor, auf die dunkle Seite zu wechseln. Dir wird mit einem Mal ziemlich kalt. Gut dass du in deiner Welt geblieben bist. Die Sonne wärmt deine Haut. Noch nie hast du das Leben so geliebt wie in diesem Moment.

Ende

„Der Professor ist gerade nicht da", sagt Tucker, den du vor Tibis Zelt triffst. „Was gibt es denn?"

Aufgeregt erzählst du ihm, was du entdeckt hast.

„Das klingt sehr interessant", findet Tucker. „Such den Professor! Ich werde mir solange die Spuren anschauen."

Als du kurz darauf mit Tibi zum Ausrüstungszelt kommst, ist Tucker zwar noch dort, aber die Spuren sind verschwunden.

„Jemand muss sie verwischt haben!", ärgerst du dich.

Tibi und Tucker lassen dich stehen.

Nach längerem Nachdenken hast du nur eine Erklärung: Tucker muss die Spuren verwischt haben! Du brauchst aber einen Beweis.

Zuerst leihst du dir unter einem Vorwand Tibis Diktiergerät aus. In der Nacht verkleidest du dich als Mumie. Dann schleichst du in Tuckers Zelt und weckst ihn. Den Aufnahmeknopf des Diktiergeräts hast du gedrückt.

„Was ... was soll das?", stammelt Tucker entsetzt. „Woher hast du mein ..." Er bricht den Satz ab.

„Hör auf, den Namen eines Pharaos für deine lächerlichen Maskeraden zu missbrauchen!", forderst du mit verstellter Stimme.

„Das ist meine Sache! Ich mache mit dem Namen des Pharaos, was ich will!", ruft Tucker wütend.

Das reicht dir. Du rennst aus dem Zelt, reißt dir die Verbände herunter und alarmierst Tibi. Mit der Aufnahme ist Tucker überführt. Er wollte Professor Tibis Karriere zerstören, weil er auf die Erfolge des Professors neidisch war.

Ende

Du holst einen Zollstock und misst die Größe der Fußabdrücke genau ab.

Noch am selben Tag schaust du dir unauffällig die Schuhe der Camp-Bewohner an. Gegen Abend weißt du, dass nur zwei Personen infrage kommen: Tucker und eine junge Frau. Nur diese beiden tragen die Turnschuhe der gesuchten Marke.

Nun folgt die zweite Detektivaufgabe: Wer von den beiden Verdächtigen hat die entsprechende Schuhgröße? Du hast Glück: Tucker und das Mädchen spielen mit ein paar anderen aus dem Camp Volleyball – und zwar barfuß.

Tuckers Schuhe stehen vor dessen Zelt. Ein Vergleich ergibt: Tucker muss der Dieb sein!

Du alarmierst Professor Tibi, der sich seinen Assistenten vorknöpft. Tucker gesteht schließlich, dass er sich als Mumie verkleidet hat, um die Arbeit des Professors zu stören.

„Ich war neidisch auf Ihren Erfolg", sagt Tucker zerknirscht. „Ich wollte Sie loswerden und hier später allein weiter arbeiten. Ich bin mir ziemlich sicher, dass es hier noch ein Pharaonengrab gibt. Aber diesmal wollte ich es sein, der es findet. Mir allein sollte der Ruhm gebühren! Nur mir!"

Da kann der Professor nur den Kopf schütteln. Er feuert Tucker und lässt die Arbeiten fortsetzen. Mit Erfolg! Ihr findet tatsächlich noch ein unentdecktes Pharaonengrab!

Ende

Das Wasser des Nil ist kühl. Und jetzt, wo du in den Fluten treibst, scheint dir das Ufer viel weiter weg als vorher vom Boot aus. Und ein besonders toller Schwimmer warst du noch nie. Panik steigt in dir auf, aber du reißt dich zusammen und schwimmst los. Doch du kommst furchtbar langsam voran. Deine Klamotten hängen schwer an dir und ziehen dich hinunter. Nur mühsam kannst du dich über Wasser halten. Da verfangen sich deine Füße in ein paar Schlingpflanzen. Du strampelst wie verrückt, kommst aber nicht frei … Der Nil zieht dich in sein trübes Reich.

Ende

Das Boot wird langsamer, steuert auf einen dunklen Fleck am Ufer zu. Schemenhaft siehst du dort zwei Männer stehen. Zigarettenglut leuchtet auf. Okay, jetzt musst du dich verabschieden. Unbemerkt von den Dieben lässt du dich ins Wasser gleiten und schwimmst an Land. Fast gleichzeitig legt das Schiff an. Tropfnass versteckst du dich unter dem Steg. Tucker und seine Komplizen schütteln die Hände der Männer, die am Steg gewartet haben. Die Kerle lachen, dann verschwinden sie in einer Hütte.

Ideal! Schon kletterst du wieder an Bord. Vorsichtig schaust du in die Kajüte. Dort liegen noch immer die herrlichen Schmuckstücke!

Entschlossen löst du die Taue des Schiffes. Die Strömung treibt das Boot flussabwärts. Plötzlich sind vom Ufer wütende Schreie zu hören. Du siehst ein paar Männer auf den Steg laufen. Sie fuchteln mit den Fäusten und rufen dir Verwünschungen hinterher. Du stehst am Heck und winkst zurück.

Nun wird es höchste Zeit, den Motor zu starten. Nach einigen Fehlversuchen gelingt es dir endlich. Dann schipperst du den Nil hinunter, bis du zu einem Dorf kommst. Du lässt das Boot langsam auf den Strand auflaufen, schnappst dir die Schmuckstücke und läufst zum nächsten Haus. Von dort alarmierst du die Polizei, die die Täter schnappt und dich als Held feiert.

Ende

Ganz locker marschierst du auf Tucker und Tibi zu.

„Tja, meine Herren", sagst du souverän, „das nennt man wohl eine ziemlich plumpe Fälschung."

Die beiden drehen sich erschrocken um und sehen dich unschuldig an.

„Was meinst du denn?", fragen sie misstrauisch.

„Das wissen Sie ganz genau", erwiderst du und deutest auf deine Kamera. „Ich habe die schönen Momente alle mit meiner Kamera festgehalten. Allerdings bin ich bereit, Ihnen den Film zu geben."

„Dann rück ihn sofort raus!", zischt Tibi wütend.

„Langsam, langsam", sagst du und grinst. „Der Film ist, sagen wir mal, 10 000 Dollar wert."

Tibi ballt die Fäuste und schnauzt dich an. „Du mieser, kleiner Erpresser! Nicht mit mir!"

Und ehe du dich versiehst, hält Tibi eine Pistole in den Händen. Notgedrungen gibst du deine Kamera her. Tibi reißt den Film heraus und vernichtet ihn.

„Und du", sagt er eiskalt zu dir. „Du wirst morgen unser Camp verlassen! Auf Nimmerwiedersehen!"

Ende

Auf leisen Sohlen trittst du den Rückzug an. Du bist enttäuscht und durcheinander. Nie hättest du gedacht, dass Professor Tibi und sein Assistent Tucker Betrüger sein könnten. Du gehst zur Polizei und deckst den ganzen Schwindel auf. Die Medien greifen das Thema begierig auf. Tibi und Tucker sind als Archäologen natürlich erledigt. Aber dir klopft man auf die Schulter. Schließlich warst du es, der die Sache aufgedeckt hat. Doch das macht dich nicht glücklich. Deswegen bist du nicht ins Land der Pyramiden gereist. Du wolltest forschen und etwas entdecken.

Ganz am Ende deines Aufenthalts in Ägypten hast du riesiges Glück. Bei Ausgrabungen in einem Gräberfeld, an denen du dich beteiligen darfst, stößt ausgerechnet du auf einen wunderschönen, mit Edelsteinen besetzten Dolch, der mindestens dreitausend Jahre alt ist. Du bist überglücklich, ein kleiner Pharao unter der Sonne Ägyptens!

Ende

Leseprobe aus dem
Ravensburger Taschenbuch 54373
„1000 Gefahren auf stürmischer See"
von Edward Packard
und Fabian Lenk

Der Tag bricht an. Du befindest dich auf dem Pazifik an Bord der *Allegro*, einer Ein-Mann-Slup, die fünfzehn Meter misst. Du bist gerade aufgewacht. Du schwingst deine Beine über den Rand der Koje und merkst sofort, dass etwas nicht stimmt. Es ist heiß und stickig. Durch die Luke weht kaum ein Luftzug, doch das Boot rollt von einer Seite zur anderen und geht dabei auf und ab, als würdet ihr euch in einem verrückt gewordenen Aufzug befinden.

Du befindest dich mit deinen Freunden auf einer Expedition. Ihr wollt Buckelwale beobachten und seid vor sechs Tagen von Naruba, einer winzigen Inselrepublik mitten im Pazifik, losgesegelt. Bis jetzt war das Wetter fantastisch, doch du hast so eine Ahnung, dass sich das nun ändern wird. Als du aus dem Bullauge schaust, siehst du große, breite Wellen, die die *Allegro* hoch hinaufschaukeln und dann wieder so weit nach unten drücken, dass du nicht über den nächsten Wellenkamm blicken kannst.

Du stehst auf und gehst in die Hauptkabine, wobei du dich am Geländer festhalten musst. Deine Freundin Wanda Vivaldi hat sich über den Sonografen gebeugt und versucht die Gesänge der Wale zu hören.

„Was sagen die Wale zu diesen Wellen?", fragst du.

Wanda, die sonst immer für einen Scherz zu haben ist, knurrt nur unwillig. „Die Wale sind verschwunden", erklärt sie. „Normalerweise können wir sie sogar noch aus bis zu 80 Kilometern Entfernung hören, aber heute Morgen habe ich noch nicht den kleinsten Piepser vernommen."

Lies weiter auf Seite   8

„Sie müssen ziemlich überstürzt aufgebrochen sein, wenn sie schon so weit weg sind", meinst du. In diesem Augenblick wird das Boot in einem ungünstigen Winkel von einer Welle erfasst. Es schaukelt heftig. Wanda fällt vom Stuhl. Du versuchst, sie aufzufangen, doch du verlierst selbst das Gleichgewicht und ihr landet beide auf dem Boden der Kabine.

„Nicht schwer zu erraten, warum die Wale abgehauen sind", sagt sie, während du ihr wieder auf die Füße hilfst.

„Ihnen sollten die Wellen eigentlich nichts ausmachen", überlegst du.

„Die Wellen nicht", gibt sie zurück. „Aber was kommt danach?"

„Was sagt der Wetterbericht?"

Sie zuckt mit den Schultern. „Wäre gut zu wissen. Aber du weißt doch selbst, wie unzuverlässig die Funkverbindung nach Naruba ist – heute Morgen ist völlige Funkstille. Übrigens, bei unserem Motor herrscht auch Funkstille. Hans sagt, dass er Öl verliert. Das kann er erst reparieren, wenn wir wieder im Hafen sind."

„Na ja, wir segeln ja sowieso lieber", sagst du. Eine weitere heftige Welle trifft das Boot.

Oben an Deck sind Schreie zu hören. „Hans!"

„Hier, halt ihn am Arm fest!"

Ihr eilt zum Niedergang und kommt gerade rechtzeitig, damit euch Dave Mansfield und Mary Engel, die beiden anderen Mitglieder der Crew den bewusstlosen Hans Nielson, den Kapitän der *Allegro*, übergeben können. Er hat eine große Beule am Kopf. Blut tropft aus einer Wunde.

Lies auf der nächsten Seite weiter.

„Diese Riesenwelle hat ihn gegen die Winde geschleudert und k.o. geschlagen", erklärt Dave. Ihr legt Hans vorsichtig in eine Koje und bindet ihn mit ein paar weichen Stricken fest, damit er nicht herausrollen kann. Wanda, die einen Erste-Hilfe-Kurs für Fortgeschrittene gemacht hat, betupft seine Wunde mit einem Desinfektionsmittel und legt eine kalte Kompresse auf die Beule. Sie untersucht Hans' Augen und Ohren.

Dave steht daneben. Er ist zwar ein guter Seemann, doch sehr nervös. Der Kapitän hat ihn nur eingestellt, weil er dringend noch jemanden brauchte.

Hans öffnet die Augen und bemüht sich um ein schwaches Lächeln.

„Das wird schon wieder – du musst dich jetzt nur ausruhen", beruhigt ihn Wanda. Sie bedeutet Dave und dir, mit ihr an Deck zu kommen.

„Ich glaube, dass er okay ist", sagt sie leise, als ihr alle vorne im Steuerraum seid. „Aber er müsste eigentlich im Krankenhaus untersucht werden. Wir kürzen die Fahrt lieber ab und segeln wieder Richtung Naruba."

Wieder wirft eine Riesenwelle das Boot zur Seite. Mary, die am Steuerrad steht, muss sich anstrengen, um Kurs zu halten, während die *Allegro* von jeder großen Welle hin und her geworfen wird. Der Wind ist plötzlich stärker geworden. Es bilden sich weiße Schaumkronen. Schwere, dunkle Wolken bedecken den diesigen Himmel.

Dave übernimmt das Steuer. „Wie lautet der Kurs auf Naruba?", will er von dir wissen. „Schnell!"

Lies weiter auf Seite 33

Ihr ändert die Richtung leicht. Das Segel dreht sich in den Wind. Das Schiff kommt in Fahrt. Ungefähr eine Stunde später legt sich der Wind und ihr könnt wieder auf eurem eigentlichen Kurs segeln.

Kurz darauf bemerkt ihr etwa eine Meile von euch entfernt ein Fischerboot. Das Boot ist etwa achtzehn Meter lang und hat das Dach seines Kabinenaufbaus verloren. Der Motor muss auch ausgefallen sein, denn es kämpft sich mithilfe eines kleinen dreieckigen Segels langsam vorwärts. Auch von diesem Boot scheint der Sturm nicht viel übrig gelassen zu haben.

Ihr fasst neuen Mut, als es die Richtung ändert und auf euch zukommt. Wanda jubelt laut. Du umarmst sie.

„Wir sind gerettet!"

Ihr winkt aufgeregt, doch als sich das Boot nähert, hört ihr auf zu lächeln.

„Die Typen gefallen mir aber überhaupt nicht", sagt Wanda. Dir gefallen sie genauso wenig.

Das Boot dreht bei und luvt das Segel an, um abzubremsen. Ein Mann, dessen Gesicht dich an eine Bulldogge erinnert, steht im Deckhaus und steuert. Ein anderer steht barfuß und mit nacktem Oberkörper an der Reling. In seinem Gürtel steckt eine Pistole. Er grinst euch an und ihr seht nur einen abgebrochenen Schneidezahn.

Lies weiter auf Seite   **46**

Drei Tage lang treiben Wanda und du auf dem Ozean. Ihr fragt euch, wie lange ihr das überleben werdet.

Am nächsten Tag entdeckt euch ein Suchflugzeug, das von Naruba aus losgeschickt wurde. Etwas später nimmt euch ein Rettungsboot auf. Als ihr an Bord gegangen seid, taucht ganz in der Nähe ein Buckelwal auf und schießt seine Wasserfontäne hoch in die Luft.

„Ich glaube, der will sich von uns verabschieden und uns alles Gute wünschen", meint Wanda.

„Ich wünsche ihm auch alles Gute", sagst du. Du winkst dem Buckelwal zu, dessen riesiges rechtes Auge dich direkt ansieht.

Ende

Schnell greifst du nach dem Steuerrad. Dave sinkt mit großen Schmerzen in sich zusammen.

„Vorsicht!", schreit Wanda.

Du siehst es – eine weitere Riesenwelle. Du kannst lediglich das Steuerrad festhalten und versuchen zu verhindern, dass das Boot voll erwischt wird. Es misslingt dir. Mary, der es wieder schlecht wird, eilt an Deck. Wanda versucht zu helfen, aber sie kann sich selbst kaum auf den Beinen halten.

Der Wind frischt immer mehr auf und reißt die aufgerollten Segel von ihren Spieren. Die Gischt und das Wasser, die über Bord fegen, sind so heftig, dass sie dich praktisch auf deinen Platz drücken. Das Steuerrad macht sich selbstständig. Das Boot kommt vom Kurs ab. Du gibst dir große Mühe es wieder zurückzulenken.

„Schau mal!", brüllt Wanda. Der Leuchtturm, der die Ostseite des Kanals markiert, ist durch Regen und Gischt hindurch zu erkennen. Du drehst noch ein wenig mehr ab. Wanda lockert das Segel und die *Allegro* rauscht durch den Kanal. Auf einmal seid ihr durch den Meeresarm durch. Ihr befindet euch in der Lagune! Die Wellen sind hier viel kleiner, aber der Wind ist immer noch heftig. Ein aufbrausender Windstoß reißt das Sturmsegel in Fetzen.

Lies weiter auf Seite **99**

Du gehst zu ihnen und schiebst das Seil unter Zahnlückes Handgelenke. Blitzschnell greift er nach deinen Fäusten, springt auf und schiebt dich zwischen Wanda und sich. Sie geht einen Schritt zur Seite, um eine freie Schusslinie auf ihn zu bekommen. Der andere Mann macht einen Satz nach vorne und greift nach Wandas Bein. Sie feuert ab, trifft aber nicht. Zahnlücke wirft dich zur Seite und schlägt Wanda nieder. Du stürzt dich auf ihn, doch er versetzt deinem Schienbein einen Tritt und du fällst voller Schmerzen nach hinten.

Nun haben Bulldoggengesicht und Zahnlücke *euch* in ihrer Gewalt. Leider haben die beiden nicht denselben Respekt vor menschlichem Leben wie ihr. Sie lassen euch die Wahl: Entweder werdet ihr erschossen oder ihr springt über Bord. Auf jeden Fall ist das euer

Ende

16

Ihr geht alle drei schnell an Deck und lasst das zweite Rettungsboot zu Wasser. Du springst hinein. Dave reicht dir den Proviant hinunter. Du verstaust gerade den Rest, als eine große Welle gegen das Rettungsboot schlägt und es umwirft. Euer gesamter Proviant schwimmt im Meer.

Dir ist zum Heulen zumute, doch dafür ist jetzt keine Zeit. Das Deck der *Allegro* steht unter Wasser. Hans und Dave klettern mit dir ins Rettungsboot. Du lässt die Verbindungsleine los und paddelst davon. Wenige Sekunden später ist die *Allegro* mit einem Geräusch, das an eine sich brechende Welle erinnert, untergegangen.

Lies weiter auf Seite **116**

Du schwimmst zum Rettungsboot und versuchst, so lange wie möglich unter Wasser zu bleiben. Als du dort bist, drehst du dich um und hältst dich daran fest, immer darauf bedacht, nicht im Blickfeld der Männer zu sein. Vorsichtig schaust du zu ihnen hinüber. Die beiden Männer streiten immer noch. Wanda ist an Deck gefesselt. Du ziehst dich am Rettungsboot hoch und fällst erschöpft hinein. Auf einmal merkst du, dass du schrecklich hungrig und durstig bist und dass es kaum Hoffnung für dich gibt. Es sind keinerlei Vorräte im Rettungsboot. Deine Aussichten, gerettet zu werden, sind recht mager. So vergehen mehrere Tage. Während einiger Regenschauer kannst du ansatzweise deinen Durst zu löschen. Doch der Hunger quält dich, bis du das Gefühl hast, von innen aufgegessen zu werden. Du liegst in dem umhertreibenden Boot und merkst, wie deine Kräfte allmählich schwinden. Deine Gedanken werden von Verzweiflung beherrscht.

Du schläfst hin und wieder und wirst von entsetzlichen Träumen geplagt. Du wirst von einem hellen Licht, das dir ins Gesicht leuchtet, geweckt – die Morgensonne. Vergeblich hältst du nach einem Schiff oder einer Insel Ausschau, dann lässt du dich wieder auf den Boden des Rettungsboots sinken.

Die Stunden ziehen sich hin. Dein Kopf tut weh. Du fühlst dich ganz benommen. Und vor dir nichts als endlose Wellen. Dann springen einige Delfine in der Nähe deines Bootes aus dem Wasser und werfen einige Fische auf das Boot. Du beißt in einen hinein. Er schmeckt wie Eiskrem. Tropfen fallen vom Himmel – sie schmecken wie Limonade. Das Schaukeln des Rettungsboots erinnert dich an eine Gartenschaukel.

Lies weiter auf Seite

„Wenn wir uns Richtung Süden halten, werden wir direkt auf den Sturm zusegeln", erklärst du. „Ich würde nach Osten drehen – null-neun-null auf dem Kompass."

Dave bringt das Boot auf neuen Kurs. Die *Allegro* neigt sich noch mehr.

„Ihr solltet den Klüver lieber einholen und das Sturmsegel setzen!", ruft Dave.

Wanda und Mary helfen dir dabei, den Klüver aufzurollen und das kleine, schwere Sturmsegel zu setzen. Das Boot wird ruhiger und ist leichter zu lenken. Wanda geht in die Kabine, um nach Hans zu sehen. Du bleibst mit Mary bei Dave und ihr helft ihm hin und wieder, das Boot durch die Wellen zu manövrieren, die im Verlauf des Vormittags immer höher werden.

Um die Mittagszeit entwickelt sich ein richtiger Sturm. Dave weist alle an, sich mit Rettungsleinen zu sichern. Heftiger Regen setzt ein. Riesige Wellen türmen sich auf. Die *Allegro* gleitet an ihren Seiten entlang und beschleunigt wie ein außer Kontrolle geratener Zug.

Während der nächsten Stunde wird der Wind immer stärker. Die Gischt nimmt dir beinahe die Sicht. Du bemühst dich, zu atmen und das Gleichgewicht zu halten, während du dich am Steuerrad festklammerst und dir wünschst, der Sturm wäre endlich vorüber. Da baut sich eine Monsterwelle auf und bricht über euch zusammen.

Lies weiter auf Seite **27**

„Wir befördern sie einfach ins Rettungsboot", schlägst du vor.

„In Ordnung", sagt Wanda. Sie befiehlt den Männern aufzustehen. Sie gehen einige Schritte, dann drehen sie sich um und beginnen zu diskutieren.

Du stellst dich neben Wanda. Abwechselnd zielt sie mit der Pistole auf die beiden Männer.

„Wenn ihr Nahrung und Wasser haben wollt, steigt ihr jetzt besser sofort ins Rettungsboot um", sagst du. „Das oder gar nichts!"

Sie verfluchen dich und klettern ins Rettungsboot.

„Reicht die Ruder hoch!", brüllt Wanda.

„Kommt schon", bettelt Zahnlücke.

„Keine Ruder – kein Proviant", antwortest du.

Sie werfen die Ruder wie Speere auf dich. Du weichst ihnen aus, wirfst den Proviant hinab und löst die Leine. Langsam treiben sie ab.

Du sitzt mit Wanda am Heck und beobachtest das Rettungsboot. Wanda hält immer noch die Pistole in der Hand.

„Die kannst du weglegen", sagst du. „Wenn der Wind nicht sehr bald dreht, sind wir sie endgültig los."

Ihr lächelt euch kurz an. Doch ihr seid nicht viel besser dran als Zahnlücke und Bulldoggengesicht.

Lies weiter auf Seite   **90**

Als du wieder in den Steuerraum kommst, musst du mit Schrecken feststellen, wie tief das Boot schon im Wasser liegt. „Es dringt immer noch Wasser ein", erklärt Hans. „Aber wir können abwechselnd pumpen. Wir werden nicht sinken, es sei denn …"

„Es sei denn?", fragst du.

„Es sei denn, der Sturm legt wieder los. Wenn das passiert, wird die zusätzliche Belastung das Loch vergrößern. Irgendwann hilft dann alles Pumpen und Abdichten nicht mehr."

„Aber wir werden sicher irgendwann in den nächsten Tagen mal schlechtes Wetter haben", sagt Wanda. „In diesen Gewässern hier bleibt es selten längere Zeit ruhig."

„Also", meint David, „haben wir nur ein oder zwei, vielleicht auch drei Tage statt einer Woche. Das ist schrecklich. Können wir …"

Hans unterbricht ihn mit einer Handbewegung. „Wie lautet unsere Position?", will er von dir wissen.

„Etwa siebzehnter nördlicher Breitengrad."

„Das ist westlich von Naruba?"

„Das vermute ich", sagst du. „Aber ich habe keine Ahnung, wie weit westlich."

Lies weiter auf Seite   **80**

„Komm schon", flötet Zahnlücke. „Nur ein bisschen näher."
Mittlerweile macht sich Bulldoggengesicht bereit, zu dir in
das Rettungsboot zu springen.

Aus den Augenwinkeln hast du Wanda beobachtet. Genau
wie du gehofft hast, hat sie sich langsam zum Cockpit vorge-
arbeitet.

„Ich komme", sagst du zu Zahnlücke. Du beginnst, vorwärts-
zupaddeln, paddelst in Wirklichkeit jedoch rückwärts.

„He!", brüllt Zahnlücke. „Was soll das?"

„Nichts!", schreit Wanda. Die Männer drehen sich um und
starren in die Mündung von Zahnlückes Pistole, die sie aus
dem Cockpit genommen hat.

„Hände hoch!", brüllt Wanda.

Sie grinsen nur.

„Ich hab schon Männer erschossen, deren Leben mehr wert
war als eures", erklärt sie kalt.

Die Männer heben langsam die Arme.

„Am Heck ist es am leichtesten hochzukommen!", ruft
Wanda dir zu. Du paddelst schnell um das Boot, hebst den
Wasserkanister hoch, und kletterst, mit einer Hand den Kanis-
ter festhaltend, an Bord. Du befestigt die Leine des Rettungs-
bootes, verstaust das Wasser in der hinteren Luke und eilst
Wanda schnell zu Hilfe.

Als du zu ihr kommst, hat sie die Männer gezwungen, sich
mit dem Gesicht nach unten auf den Boden zu legen und die
Arme auf dem Rücken zu kreuzen.

„Pass auf sie auf. Ich werde sie fesseln", sagst du.

Lies weiter auf Seite **86**

„Wo sind die beiden?", brüllt der Mann im Wasser.

Du tauchst unter, bevor sie dich entdecken können und schwimmst ein Stück unter Wasser. Ein paar Sekunden später kommst du am Heck des Bootes wieder hoch. Nun siehst du auch, wie Wanda an Bord gelangen konnte. Dort, wo das Ruder befestigt ist, gibt es kleine Vorsprünge, auf die man die Füße setzen kann.

Du könntest nun an Bord klettern, doch du fragst dich, wie du gegen zwei bewaffnete Männer ankommen kannst. Wanda kann dir nicht mehr helfen. Sollte sie noch am Leben sein, werden sie sie vermutlich fesseln oder über Bord werfen.

Du hörst, wie sich die Männer streiten. Für einen Augenblick scheinen sie dich vergessen zu haben. Dann siehst du, wie das Rettungsboot vorbeitreibt. Die Männer haben vermutlich das Interesse daran verloren, nachdem sie das Trinkwasser und den Proviant an sich genommen haben. Du könntest hinschwimmen und dich daran festhalten, bis es weit genug abgetrieben ist, um ungesehen hineinzuklettern. Dir bleibt nicht viel Zeit zum Überlegen. Näher wird das Rettungsboot nicht herankommen.

**Wenn du zum Rettungsboot schwimmst,
lies weiter auf Seite**   **17**

**Wenn du auf das Boot
mit den beiden Männern kletterst,
lies weiter auf Seite**   **41**

„Unser Anker hält das auf keinen Fall aus!", brüllst du. „Weiter Richtung Osten! Wir werden in der geschützten Bucht vor Anker gehen!"

„Da ist es zu flach!", übertönt Dave den Wind.

„Jetzt nicht!", rufst du. „Das Wasser ist auf dem Höchststand!"

Wanda dreht am Steuerrad. Du kämpfst mit dem Segel. Wieder heult eine Bö über euch hinweg und reißt das feste Segeltuch entzwei. Doch der Wind, der auf Mast und Baum trifft, reicht aus, um euch voranzutreiben.

Die *Allegro* wird seitwärts getrieben, aber ihr schafft es trotzdem, euch in Richtung Bucht zu bewegen. Das Boot müsste eigentlich schon längst auf Grund gelaufen sein, doch das Wasser in der Lagune ist vier bis fünf Meter höher als sonst und steigt immer noch.

Die Dunkelheit bricht schnell herein. Die *Allegro* treibt in die Bucht und erreicht fast die andere Seite, bevor sie auf Grund läuft. Sie läuft mit solcher Wucht auf, dass sie beinahe umkippt. Der Mast bricht mit einem schrecklichen Krachen. Selbst in der geschützten Bucht schlagen hohe, heftige Wellen gegen den Rumpf. Doch das Boot hält ihnen stand. Der Kiel gräbt sich in den Sand.

Lies weiter auf Seite **106**

Du steuerst das Rettungsboot auf einen Punkt links von der Insel, um die Strömung, die euch nach rechts treibt, auszugleichen. Die Insel kommt stetig näher. Soweit du das nun erkennen kannst, ist sie nur einige Hundert Meter lang. Der höchste Punkt liegt etwa fünfzehn Meter über dem Meeresspiegel.

Du fragst dich, ob es hier wohl Trinkwasser und Nahrung gibt.

Nach ungefähr einer Stunde zieht ihr das Rettungsboot durch die leichte Brandung zum Strand hinauf, während die Sonne am Horizont versinkt. Es ist ein tolles Gefühl, endlich wieder festen Boden unter den Füßen zu haben.

Ihr würdet euch gerne ein wenig ausruhen, doch es wird bereits dunkel und ihr wollt unbedingt die Insel erkunden.

Lies weiter auf Seite　　　　　　　　**93**

Unter Blutsaugern
und Werwölfen

Fabian Lenk/Edward Packard

1000 Gefahren in der finsteren Nacht

Auf dich warten spannende Abenteuer im Reich der Blutsauger
und Werwölfe. Du entscheidest selbst, wie die Geschichten
weitergehen. Triff deine Entscheidungen weise, sonst wirst du
noch gebissen ...

ISBN 978-3-473-54372-4

www.ravensburger.de

Ravensburger

Unter Seemännern und Schatzjägern

Edward Packard/Fabian Lenk

1000 Gefahren auf stürmischer See

Auf dich warten spannende Abenteuer unter Seemännern und Schatzjägern. Du entscheidest selbst, wie die Geschichten weitergehen. Triff deine Entscheidungen weise, sonst wird dein Schiff kentern ...

ISBN 978-3-473-**54373**-1

Unter Raubfischen und Riesenkraken

Fabian Lenk/R. A. Montgomery

1000 Gefahren im eisigen Ozean

Auf dich warten spannende Abenteuer unter Raubfischen und Riesenkraken. Du entscheidest selbst, wie die Geschichten weitergehen. Triff deine Entscheidungen weise, sonst wird dich ein Hai verschlingen ...

ISBN 978-3-473-54375-5